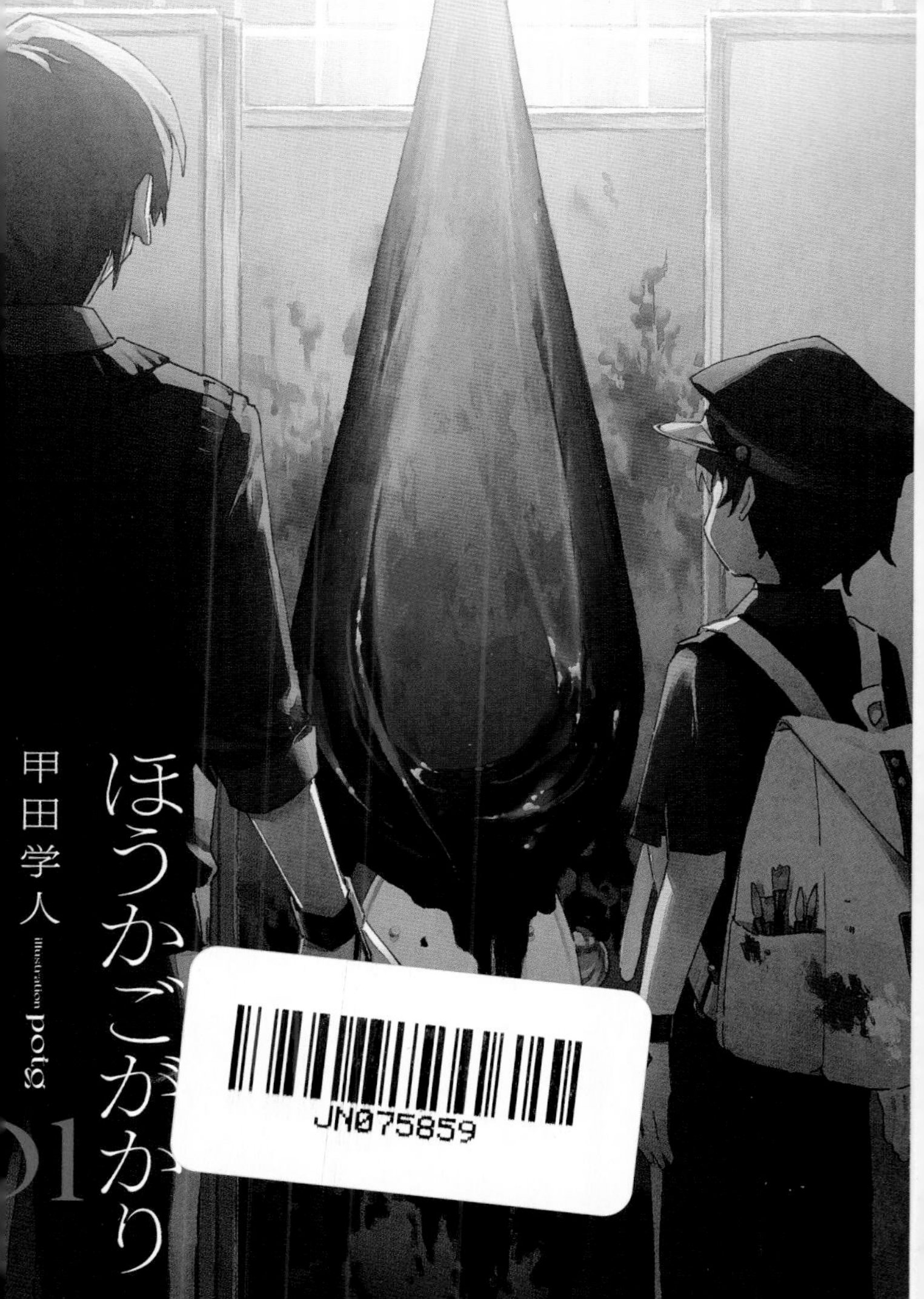
ほうかごがかり
甲田学人
illustration potg
01

目次

序章　10
一話　17
二話　95
三話　191
四話　305

それは『かかり』の日誌帳の表紙。
その表に貼られた
白いシールには、
一人の名前が書かれている。

ほうかごがかり
五年生
小嶋留希
こじまるき
いじめられっ子
六年生
堂島菊
どうじまきく
霊媒体質

六年生
緒方惺
おがたせい
学級委員長
年齢不詳
太郎さん
たろう
顧問
六年生
二森啓
にもりけい
絵描き

その日誌帳を、
そっと十字架の足元に立てかけて、
置いた。

六年生
見上(けんじょう) 真絢(まあや)
キッズモデル
五年生
瀬戸(せと)イルマ
臆病な少女

よる十二時のチャイムが鳴ると。
ぼくらは『ほうかご』にとらわれる。
そこには正解もゴールもクリアもなくて。
ただ、ぼくたちの死体が積み上げられている。

序章

見る限りでは、何の変哲もない中学生だった。

黒い詰襟の中学の制服。やや低い中背。静かな教室で席に着き、周りに座る同じ格好をした少年少女の中に、個性を埋没させるようにして、彼は数学の授業を受けていた。

特徴と言える特徴はなかった。髪形も、制服も、机の上に出ている筆記具も、机の横にぶら下がっている鞄も、何一つ彼の個性を主張していない。アクセサリの一つもついていない。ただよく見ると、たった一つだけ奇妙なのは、机の上に置かれている彼の手の、左手の薬指の爪だけが、まるで剣の切っ先のように尖った形に切られていることだ。

彼は大人しく授業を終えると、クラスの誰とも必要以上の口をきくことなく休み時間を過ごして、また静かに次の授業を受ける。

真面目に――ノートへの落書きが妙に多く、それが妙に上手いこと以外は――至極真面目な態度で、と言うよりも、どこか機械的にも虚無的にも思える態度で、淡々と時間割を消化して、この日の授業を終える。

放課後になる。学校に親しい友達はいない。部活動にも入っていない。

なので授業が終わるとすぐに帰宅する。典型的な、反抗はしないが、学校生活に対して何の価値も見出していない、そういうタイプの人間に見えた。

帰路。彼がどこかに寄ることはなかった。

真っ直ぐに家に向けて帰る。学校生活に価値を見出していない彼だが、学校の外にも、楽しみにしているような何かは存在していなかった。

毎日、彼は学校が終わると自宅である集合住宅に帰り、夜になり、朝になると、また学校に出かける。そして真面目に時間割を消化して帰ってくる。彼は中学生になってからずっと、もう一年以上、こうしてレールの上の機械のように、無味乾燥な生活ルーチンを繰り返しているのだった。

今日も、彼は真っ直ぐに帰宅する。

周囲の何にも、無感動に——世界に倦んだように、興味を示すことなく。

ただ、その帰路の途中、たった一度だけ、彼は立ち止まる。

それは住宅地にある、彼が卒業した母校である小学校の前にさしかかった時で、彼は道の端に立ち止まって、しばし正門を、じっと眺めるのだった。

「……」

そして、おもむろに鞄を足元に置くと。

両手を前に伸ばし――

人差し指と親指で四角を作って、

小学校と正門の景色を、その四角の中に収めた。

カメラマンが構図を取るように。あるいは、画家が。

彼がそうして、小学校の正門を眺めてしばらくすると、ほんの一瞬、これまで無表情だった彼の顔に、何かの強い感情がよぎる。

「……」

両手が降りた。その時には、彼の表情は、もう元の無感動なものに戻っていた。

彼は足元に置いた鞄を拾い上げると、小学校から視線を外し、身を翻した。

そして再び帰路につき、もう振り返ることもなく、家まで帰る。

それで一日を終える。昨日も。一昨日も。その前も。そのまた前も。

今日も、そのはずだった。

だがこの日は――いつもとは違っていた。

「あの」

不意に、がちゃ、とランドセルの金具の音がした。

そして呼び止める声。一人の小学生が路地から現れて、彼に声をかけたのだった。

男の子だった。おそらくは高学年。使い込まれた黒いランドセルを背負っている他に、詰め込まれた水彩用の道具が口から覗いている、重たそうなバッグを、荷物として片手にぶら提げていた。

「あなたも、絵、描くんですか？」

立ち止まった少年の背中に、男の子はそう問いかけた。

「僕も、あの、さっきの」

そう言って、男の子はバッグを道路に下ろして、両手の指で四角を作って見せる。先ほど少年がしていたように。

「……」

少年は答えないまま、目だけをそちらに向けていた。

無言の中学生にじっと見つめられ、小柄な小学生の男の子は思わず気圧された様子を見せたが、しかしすぐに意を決したように表情を引き締めると、広げた左手を、少年に向けて突き出して見せた。

「協力してくれる、元『かかり』の人がいるって聞きました」

そして問いかける。

「それって、あなたのことですよね？」

男の子の左手の薬指の爪は、まるで剣の切っ先のような形に切られていた。

「……」

少年は、ゆっくりと男の子に向き直った。

そして重々しく男の子を見据えると、少しの間を置いて、口を開いた。

「そっか。じゃあ、君が今の――」

ほうかごがかり

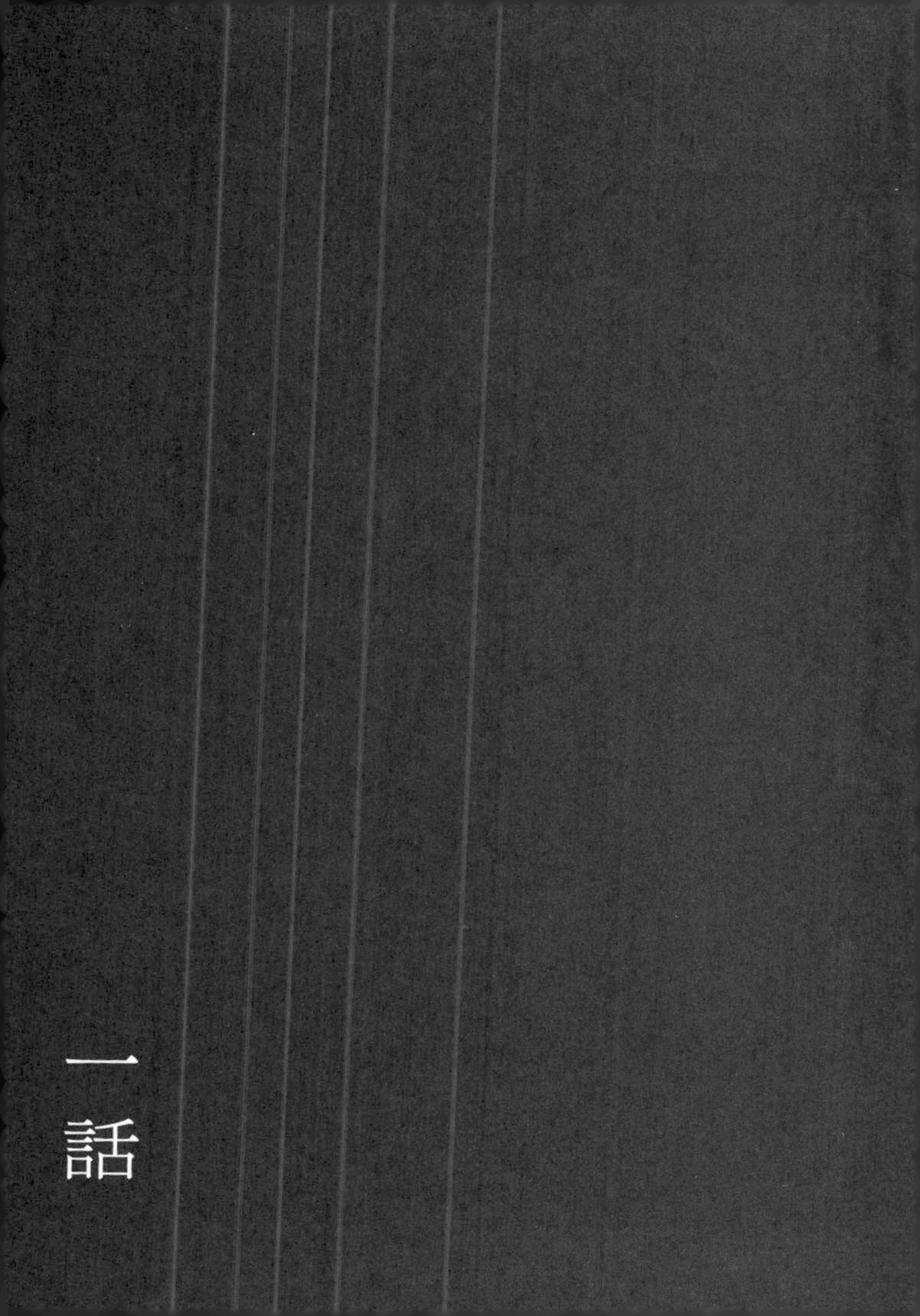

一話

1

『ほうかごがかり』

教室で顔を上げた二森啓の目に入った、その言葉。

それを見た啓は、目を疑い、そして数秒のあと、思わず声を漏らした。

「……は？」

神名小学校。六年二組の教室。

金曜日の放課後。最前列の、左寄りの席の啓が、ごく短い帰り支度から顔を上げた時、目と鼻の先にある黒板に、たった今までは存在していなかった、自分の名前の書き込みがされているのが目に入ったのだ。

『ほうかごがかり　二森啓』

と。

中央に大きく、白いチョークで。

そして書き込みの文字列の頭に、少しだけ勢いのある筆跡で、ひとつの丸。

同じような書かれ方をしたものは、これまでの小学校生活で何度も見たことがあった。それはいわゆる『係決め』の時に、誰が係をするか決まった時の書き込みだったが、しかし『係決め』など今はしていなかったし、『放課後係』などという係は、このクラスには存在していないのだった。

それに何よりこの書き込みは、啓が帰り支度をするためにたった数十秒顔を伏せていた、その間に出現した。

それまでは、こんな書き込みはなかったのに。

あまりにも不可解な状況だったので、啓の思考は数秒ほど停止した。

「…………は？」

もう一度、疑問の声を出して、啓は思わず周りを見回す。

クラスで一番低い背。頭に被った前後を逆にしたキャップに押さえつけられながらも、そこからはみ出るように主張する跳ね癖のある髪。色合いこそ奇抜ではないものの若干ヤンチャ寄りな、古着屋で買った上着。それらが見回す動作に振られて揺れた。

だが、黒板の前には、誰もいない。

古くはないが新しくもない、校舎と共に相応の傷みを刻んだ黒板の前にも、それどころかその近くにも、この文字を書いた人間は誰も立っていなかった。

このいたずら書きをした人間が、それどころか可能な人間さえ、教室には見当たらなかったのだ。逆に教室にいる他の子も、まだ気づいていないか、書き込みに気づいた少数の子が、ポカンとした様子で黒板にある文字を不思議そうに眺めているという状況だった。

元から書いてあったという可能性は、ほぼない。

このクラスの担任は、ネチネチと説教が多いことから代々『ネチ太郎』という渾名で呼ばれる人望のない先生で、授業や帰りの会などが終わると誰かが写している途中でもお構いなしに黒板を消してしまう神経質さなので、帰りの段階で板書が残っていることはまずあり得ない事態なのだ。

今日も丁寧に、執拗に、念入りに黒板を消していた姿を、はっきりと憶えている。

なので啓が自分の黒いランドセルを机の上に置いて帰り支度を始めた、それ以前に書かれたものである可能性は、間違いなく『ない』のだった。

「……なんだこれ」

なので啓は、眉を寄せるしかなかった。

キャップからはみ出した前髪の奥で、着ている服と、少し世を拗ねたような本人の雰囲気に比して、妙に育ちの良さそうな顔が困惑していた。

今は四月末。啓たちは六年生になったばかりだ。

このクラスになって、まだそれほど経っていないので、まだいじめに遭うような理由は思いつかない。そんな筋違いなことを、説明のつかない現象について、思考を停止させてしまった頭が、何となく考えた。

教室から、明らかに啓に向けた、ざわめきと視線を感じ始めた。

黒板に気づいた子が増えたのだ。とにかくこのままでは居づらいと感じた啓は、黒板の前に進み出て、黒板消しで、自分の名前と『ほうかごがかり』の文字を消した。

「なあなあ、二森くん、それ何？」

「知らないよ。僕も」

わざわざ駆け寄って訊ねて来た、普段から少し空気の読めないところのあるクラスの男子に答えながら、啓はそれとなく、教室の中にいる全員の様子を観察する。啓は見た目がヤンチャ寄りで、態度もやや斜に構えているのに反して、行動は至って大人しいのだが、やや家庭環境に問題があり、内心の警戒心は強かった。

「じゃあ誰が書いたの？」

「知らないよ。僕、イタズラされるのは嫌いなんだけど」

そう答えながら、啓は考えた。

本当に、いじめじゃなければいいけど、と。

心配だった。だが、それは恐れているわけではなかった。孤独なのも孤立するのも、啓は別に怖くはない。こう見えて啓は絵を描くのが趣味で、それ以外のことには興味がないので、ただ周りから無視されて放っておかれるだけならば平気だった。そういうものを苦にしない人間だった。

だが、煩わしいのは御免だ。

そしてさらに言えば、悪戯とか、人を試す行為とか、そういった他人からの理不尽な行いを向けられるのは、啓が最も嫌う行為だった。

怒鳴ったり暴れたり、そんな明らかな怒りとして表に出すわけではないが、嫌いだし、許さない。それは五歳の時に、父親に夜遅くドライブに連れ出され、山の上の真っ暗な駐車場に笑いながら置き去りにされた時に自覚した、基本的に人に無関心で鷹揚な性格をしている啓の心に刻まれている、数少ない明確な嫌悪だった。

しかし――――そうやって啓が観察した教室には、怪しい様子の人間はいない。

啓の方へと視線を向けている子も少なくはなかったが、それと分かるほど怪しいと思える子は、一人も見て取れなかった。

多分？　本当に？

不信と、少しの安堵。だがその時、視線を巡らせていた啓は、その先で思いがけず、別のものと目が合ってしまった。

「…………あ」

観察のために巡らせた視線が、開いていた教室の出入口越しに、ちょうど前の廊下を通りかかった、ある一人の視線とぶつかったのだ。

よく知った相手だった。それは同じ年の六年生だった。

背が高くスマートで、眼鏡をかけた、知的で整った風貌をした男子だった。

見る人が見れば、彼は明らかに特別な子供だった。周囲から浮きすぎない程度に収めているが、髪がそれとなくセットされていて、着ている服もさりげなくブランド物。さらに同年代の男子からは頭ひとつ抜けて言動が落ち着いていて、勉強も運動もでき、性格も快活で品行方正で知られていた。

リーダーシップもあり、男子にも、もちろん女子にも、さらには先生からも人気と人望がある。啓は彼の家が非常に裕福であることを知っていた。それから、眼鏡が近視用ではなく、生来の視覚過敏を抑えるための、わずかに色のついた偏光グラスであることも。

緒方惺。

彼は、啓の親友だった。

二人は入口越しに目が合った。だが間違いなく目が合ったのに、惺はまるでそんなことはなかったかのように、視線を素通りさせると、啓の存在を空気のように無視して、廊下を歩いて行ってしまった。

「…………なんだよ」

呟く啓。

二人は親友だった。過去形の『だった』だが。

啓と惺は、二年生の時に出会った。最初は特に仲良くなる要素などなかったのだが、あるとき啓が、絵で大きな賞をもらった時に、惺に妙に気に入られた。

「君はすごいんだね。好きな画家とかいる？」

啓に話しかけてきた、最初の言葉を憶えている。

そして、それからというもの惺からあれこれと関わりをもってくるようになり、そのうち互いの少し変わり者の部分が噛み合って、いくつかの出来事を経て、親友と言っていい関係を構築した。

そしてその関係が三年ほど続いていたのだが、しかし五年生になってすぐに、急に前触れもなく惺が啓のことを遠ざけるようになった。理由は分からない。ただ惺からの説明は一切なしに関係を断ち切られた形で、さすがに啓はショックを受けたが、どうしようもなく、惺の姿を学校で見かけるたびにモヤモヤとしたものを胸に感じながら過ごすしかなかった。

啓は知っている。

啓と惺は、お互いに、どちらにとっても、たった一人の親友同士だった。

だから、啓は知っている。

惺が周りに見せている、品行方正な少年は、あくまでも惺の一面でしかなく、それだけの人間ではないことをだ。

「ちぇ……」

胸にまた重いモヤを感じて、啓はわずかに視線を落とし、それを追い払った。

そして小さな溜息のあと、手に持ったままだった黒板消しを置いて、自分の席に戻り、家に帰るために重いランドセルを背負った。

いま消したばかりの――――黒板の文字については、忘れて。

思い煩わなければいけないことは、啓には他に、いくらでもあった。例えば、たったいま感じていた、この胸の中のモヤモヤのこととか。

「……」

啓は学校を後にした。

そして、帰宅の途についた。

そんな啓が、

『ほうかごがかり』

この言葉を思い出して。

その意味を知ることになるのは、遠い先の話ではなく――まさにその日の夜、啓が眠りについた、その後のことだった。

2

啓の家は、築年数のかさんだ、古い公営団地にあった。

母親と二人暮らし。以前は三階建ての大きな家に住んでいたのだが、両親が小一の時に離婚していて、その家からは追い出され、それからはずっとここで暮らしていた。

当時の家とは比べ物にならないくらい狭い家で、玄関を入るとすぐキッチンがあって、四畳半、六畳間と、一直線になった細長い作りをしている。

壁も薄い。啓は、その一番奥の広い部屋をもらっている。母親は仕事から夜遅く帰ってきて寝るだけといった状態なので、その手前の居間を兼ねている四畳半で布団を敷いて寝ているのだった。

啓の部屋は、雑然としていた。

畳の部屋。一部に敷かれたカーペット。前の家から持ち出した数少ない家具である、あちこちにシールの痕がある学習机があって、上に図書館で借りた本が置いてある。

それから――この部屋をさらに雑然とさせているものは、端に寄せられたたくさんの本格的な画材と、描きかけの絵だ。油彩。水彩。パステル。それからイーゼル。加えて、あちこちの絵画コンテストで入選したことを示す、賞状や盾などが、学習机や棚や壁に、いくつもいくつも飾られていた。

深夜。そんな部屋に、暗闇が落ちていた。

床に敷かれた布団に、子供ひとりの膨らみがあった。

寝息。それと体温。

静寂。デジタル時計の、緑色の明かり。

そして――

カァ――――ン、

コ――――――ン！

突如。

部屋の中に音割れした学校のチャイムが響き渡り、啓は布団から飛び起きて、そしてそのまま激しい眩暈に襲われて頭から畳に突っ伏した。

「…………っ⁉」

音に殴られたかのような衝撃。その大音量のチャイムは、突然、部屋の中に爆発的に鳴り響いて、布団で眠っていた啓を叩き起こし、そしてガリガリとした激しいノイズによって罅割れながら、飛び起きた啓の意識を打ち据えた。

轟音で耳が塞がる。

脳に衝撃が走る。

耳の奥と脳が痛む。鼓膜とその奥に音の塊が突き刺さって、芯に差し込まれたような苦痛と共に、すぐには立ち上がれないくらい平衡感覚が歪んだ。

「う……！」

涙を浮かべながら辛うじて顔を上げると、滲んだ視界に滲んだ光で、目覚まし時計のデジタル表示が見えた。

十二時十二分十二秒。

真夜中。自分の部屋。そこに突如として鳴り響いたそれは、調律の壊れた、しかし間違いなく自分の学校のチャイムの音だった。

こんな場所で鳴るはずのない異常なチャイムは、部屋の空気を歪ませながら、そして空気の中に歪んだ余韻を残しながら、最後までウェストミンスターの鐘を奏でる。そしてチャイムが終わり、おおん、と響く長い長い余韻が消えかけた時――――そのせっかく凪ぎかけた空気は『ブツッ』という雑音によって断ち切られ、今度はガリガリという激しいノイズが鳴り出して、乱暴にかき乱された。

そして。

校内放送が始まった。

『────ザーッ────ガッ……ガリッ………

……かかい、かかり、の、連絡でス』

は？

啓は耳を疑う。聞こえたのは今しがたのチャイムと同じく、激しく音割れし、砂利のようなノイズが混ざった、スピーカー放送だった。

男とも女とも判別しがたい、辛うじて子供の声と判る程度の、激しく劣化したスピーカーから発されている音声。そして、そんな理解できない現象に晒されて呆然とする啓に、異常な放送音声は、さらなる異常な言葉を告げた。

『ほうかごガかかり……は、ガっ……こウに、集ゴう、シて下さイ』

は……？　えっ⁉

放送が告げたのは、もはや忘れかけていた、あの意味不明の言葉だった。

学校で、不可解な状況で、自分の名前と共に書き込まれたその言葉。放送の声は、その言葉によって、多分、いや明らかに、ここにいる自分のことを呼んでいた。

異常な状況だった。何より異常なのは、その放送音声が聞こえている場所だった。

おそらく部屋に大音量で鳴り響いているこの放送は、今しがた鳴ったチャイムも同じく、母親が寝ている居間へ続く襖の向こうから、聞こえているのだった。


「………………!?」


突っ伏した姿勢で顔を上げ、目を見開いて、啓は襖を見た。

混乱した。もしも本当にこんな大きな音が居間から聞こえているのなら、いくら何でも、母親が起きないはずがなかった。

どういうことだ？

何が起こってるんだ？

混乱のままバラバラと考える。これは何だろう？　何が起こってる？　というか『ほうかごがかり』って何だ？　それに、今まさに向こうの部屋に寝ているはずの母親は、一体どうしてしまっているんだ？

「う……」

啓は、鈍く痛む頭を押さえて、身を起こした。

「か………母さん……？」

呼びかけて、襖に向かう。

『——ザッ、ガリッ……

……くり返シます』

放送は続く。

とにかく、確認しないと。啓は、そのノイズ混じりの無機質な音を頭から浴びながら、よろよろと立ち上がって、襖の向こうにいるはずの母親の様子を見るため、引き手の窪みへと手を伸ばした。

だがその瞬間、指が引き手に触れる前に、すう、と襖が勝手に開いた。

細い摩擦音。

ぎょっ、と心臓が跳ね上がり、思わず動きが止まった。

「！」

そして襖が開いた途端、啓の顔に向けて、そしてパジャマを着た全身に向けて、冷え切った空気が流れこんできた。明らかに我が家のものではない別の匂いの冷たい空気が、ざあ、と襖

の向こうから大量に流入し、啓の体と部屋の空気を、瞬く間に完全に呑み込んだ。

そしてこれまでよりも、はっきりと耳を穿つ放送の声

『……ほうかごガカリは、ガッコウに……集ゴウ、シて下さイ』

その放送が流れるのは、明らかに風が混じる、屋外の空気。

そして――

襖の向こうに、学校の屋上が広がっていた。

居間がなかった。そこには真っ暗な夜の空の下、夜の学校の屋上があって――自宅の襖の向こうにあってはならない光景を見て、啓はその場に、思わず立ちすくんだ。

何だ⁉

何だこれ⁉

錯乱したような疑問が頭の中を反響した。

ただ目を見開いて、奇妙な夢のようなその光景を見つめたまま、何も理解できないまま、啓は思わず後ずさろうとした。

だがその瞬間、その背中を何者かが強く突き飛ばした。

どん！

背中に強い衝撃。

「うわ！」

つんのめり、たまらず転倒し、掌に、肘に、膝に、床に打ちつけられる痛みが走った。

そしてそんな掌に触れたのは、家の床の畳ではなく、硬くざらざらとした、冷たいコンクリートの感触。

打ちっぱなしの床の感触。

夢とは思えない、そのリアルな感触の床に手を突いて、慌てて後ろを振り返った。

自分を突き飛ばした、自分の部屋の中にいる何者かを見ようとして。

しかしそのまま息を呑んだ。そこに、自分の部屋はなかった。たったいま自分が通り抜けてしまった、自分の部屋の襖がどこにもなかった。そこにはかつて体験授業で出た時に何度か見たことのある、学校の屋上の鉄のドアが、その上部に鈍く蛍光灯を光らせながら、冷え冷えと立っているだけだったのだ。

自分の通り抜けたはずの襖が、消えていた。

そして深夜の学校の屋上に、ぽつん、と自分は放り出されていた。

月も星もない完全な真っ暗闇の、広大な空間が、周囲を囲んで広がっていた。

そんな無限に思える空間のただ中で、ひゅうう、と冷たい風が吹き抜けている、入口の蛍光灯に弱々しく照らされているだけの屋上は、まるで闇夜の大洋に頼りなく浮かぶ、船の甲板のようだった。

「…………は？」

そこに呆然と座り込む、啓。

あり得ない。これは夢だ。現実のことではない。そうとしか思えなかった。

あまりにも唐突で、あまりにもおかしい。だがあまりにも、そこに身体が感じている感覚は現実で――――手に触れているコンクリートの感触も、鼻腔に充ちている空気の匂いも、肌がパジャマ一枚越しに感じている空気の温度も――――と、そこで不意に気がついた。いま自分が、パジャマではなく全く身に覚えのない服を着ていて、帽子に靴まで身につけているということにだ。

「え……なんだこれ……？」

啓は、呆然と立ち上がった。

自分の体を見た。たった今まで家にいて、パジャマを着ていたはずの自分は、いまレトロなデザインの制服のようなものを身につけていて、頭には学帽まで乗っていた。

古い時代の小学生が着ているような制服だった。少なくともそんなふうに見える。頭の帽子を取って、そのデザインや形を何度もためつすがめつし、それでもまだ目が覚める気配さえない啓は、帽子を手に持ったまま、呆然としたおぼつかない足取りで、屋上を囲む柵に向けて歩き出した。

自分だけではなく、周りの様子を確認するためにだ。

そうして啓が、屋上を囲んでいる背の高い緑色のフェンスのそばに立つと、視野がフェンス越しに大きく下方へと拓けて、学校の周りの光景が一望に目に入った。

「――――っ⁉」

それは確かに啓の通う小学校。だが啓が知る学校の光景ではなかった。

そこにあるのは〝墓場〟だった。敷地と周辺に点在する街灯に照らされて、辛うじて闇に浮かび上がっている、本来ならば平らなはずの学校のグラウンドは、今どういうわけか痘痕のような無数の盛り土に覆われていて、その上に突き刺さった無数の棒切れや板切れの林立によって、まるで荒れ果てた粗末な墓場のようになっていたのだ。

そしてそれだけではない。そんな学校の周囲を、〝亡霊〟が取り囲んでいる。

互いに手を繋いだ、おぼろげな姿の子供がいる。

何人いるのかは判らない。ただ啓とそれほど変わらないだろう歳の、性別も容姿も服装もバラバラな子供たち。それが何人も何人も、生気もなく身動きもせず、夜の落としている影に半ば沈みながら、血の気のない白い肌ばかりをおぼろげに浮き上がらせて、人の鎖となって、学校の敷地の外周を、輪になって不気味に取り巻いているのだった。

学校が、亡霊に囲まれた墓地と化していた。

そんな学校の外に延々とあるはずの町は、周囲の街灯に照らされている場所だけが辛うじて見えている以外は、異様なことに一切の明かりが存在せず、まるでその存在自体が失われているかのような完全な闇と化していた。

学校が、完全な暗黒に囲まれている。

街に一つたりとも明かりがないなどという事態は、現実的にあるわけがない。しかしいま見えている学校は、まるで、広大な『無』の中に浮かんでいるかのようで、それはやはり屋上に放り出された啓が最初に抱いた印象のように、この学校が真っ暗な限りない夜の大海の中にぽつんと浮かんでいる、ただ一隻の船であるかのようだった。

「なんだよこれ……」

言葉が漏れた。

あまりにも異常な光景だった。そんな光景を見つめながら、何度でも思った。こんなことが、現実であるはずがないと。

だがやはり、これを見ている啓の意識と五感は、あまりにもはっきりしていて。

さらに今もって目が覚めず、目覚める方法さえ判らない今の自分の存在そのものが、この光景と状況が限りなく現実であるらしいことを、自分に対して否応なしに証拠として突きつけてくるのだった。

冷え冷えとした、屋上の風を感じながら。

フェンスの外に見える、異常な夜の学校と、その外に広がる無限の暗闇をその目に収めながら、啓は立ち尽くす。

この異常な状況に、どうしていいか分からず、ただこの光景を眺め続けていた。しかしそのうちに、耳に届く風の音に混じって、微かに紙がはためくような音がするのと、視界の端に小さく白いものが動いていることに、不意に気がついた。

「ん？」

目を向けた。見ると、フェンスに紙が貼ってあった。

緑のフェンスに、白い紙が。おそらくは破いたノートの紙。

張り紙は屋上を吹いている風が当たって、はためいていた。

啓は張り紙に近づく。この状況に少しでも説明が、情報が欲しかったのだ。

張り紙の前に立って、張り紙を見た。

『いる』

ただ一言、そう書いてあった。

明らかな子供の字。

見た瞬間、凍りついた。背中に、さーっ、と冷たいものが駆け上がった。明らかに空気が変わった。その書かれている文字が意味するところを完全に理解しきらずとも、その不吉さだけは瞬時に理解できた。

いる？

何が？

どこに？


頭の中に、そんな疑問が一瞬（いっしゅん）で走（はし）り抜（ぬ）ける。

だが、その結論は出なかった。

結論が出るよりも先に、

かしゃん。


と音がして。

そしてフェンスの張り紙を見ている、その視界の端（はし）で、暗闇（くらやみ）の中から伸（の）びた真っ赤に汚れた子供の指が、フェンスをつかんでいたのだ。

フェンスの向こう側から。


「‼」

息が止まった。

目を見開いて、がばっ、とそちらに目を向けた。

だがそこには何もなく、ただフェンスがあるだけだった。息を吐く。目の錯覚。そう思った瞬間だ。やはり視界の端に、フェンスの向こう側に、赤い人影のようなものが、ふっ、とよぎって、視界の外に消えた。

「っ!!」

目を向けた。

何もなかった。

その先を目で追った。

やはり何もなかった。

ただその先は、屋上の唯一の明かりである、入口の蛍光灯がほぼ届かず、暗がりになっている状態だった。そして今まで気がつかなかったのだが、その暗がりの向こうに伸びているフェンスをよく見ると、そこに大きな――――人間一人が簡単に外に出てしまえるほどの――――大きな破れ目があるのを、啓は見つけてしまったのだ。

「え……?」

鉄のフェンスが破れ、外の虚空へと向けて、黒々と口を開けていた。

もちろん、本当の学校の屋上には、こんな破れ目など存在していなかった。

「…………っ」

啓は息を呑み、そして。

少しの逡巡の後に――――破れ目へと向かって、歩き出した。

破れ目を確認するために。

だがその時、そうしている啓の頭の中には、なぜか確認しようとしている何かではなく、その破れ目の虚空へと身を乗り出している自分が、妙にはっきりしたイメージとして浮かんでいた。

「……」

歩み寄る。

近づく。

「……」

手をかける。

覗き込む。

「……」

身を乗り出した。

そして。

「——啓!!　止まれ!!」

突然。

背中から大声で制止の声をかけられ、はっ、と我に返った啓は、その瞬間、フェンスの破れ目に向けて歩き、破れ目を覗き込んだ自分の意思が、自分の意思ではなかったことに気がついた。

「…………っ!!」

一体どこからだったのだろうか。

最初はあれだけはっきりとしていた自分の意識と感覚に、薄い膜がかかっていて、まるで引き寄せられるようにして、自分から破れ目へと向かっていたことに、啓はたったいま気づかされた。

頭の中を包んでいた、シャボン玉が割れた感覚。

鳥肌。そんな突然クリアになった感覚と共に、自分を正気に返した声のした方向を驚きながら振り返ると、そこには今の啓が着ているのと同じ制服を着た一人の少年がいて、屋上の入口のドアを開けた姿で、肩で息をしながら立っていた。

「！」

その顔を見て、啓は目を見開く。

そして自然と、彼の名前を口にしていた。

「惺……」

「啓」

屋上の入口に立っていた緒方惺は、疎遠になる以前には見たことのない厳しい表情で啓を見つめ、啓の名前を呼んだ。

そして一度、口の端を、やりきれないといった様子で引き結ぶと、

「君には、君にだけは……!!」

そう戸惑う啓に向けて、叫んだ。

「君にだけは、『ここ』に来て欲しくなかった……!!」

それは今まで惺からは聞いたことのない、押し殺した叫びのような、あるいは血を吐くような、苦しげな声だった。

3

そこは確かに、見慣れた小学校の廊下で。

しかし決して、見慣れた小学校の廊下ではなかった。

しゃ――――っ、

と耳の中を満たす、空気に混じる微かなノイズ。

廊下の灰色の天井に、等間隔に埋め込まれている校内放送のスピーカーから、絶えずノイズが流れ出していて、廊下の空気へと広げ続けているのだ。

酷く、薄暗い。

夜の小学校に入った事など一度もないが、本当に、こんなに照明が暗いのだろうか？

思わず、そんな疑問が浮かぶ。それくらい、天井の明かりは灯ってはいるものの、劣化していて光が弱く、濁って、翳っていて、その真下さえ照らしきれずに、長い通路全体にざらついた影を沈殿させていた。

てん、

てん、

と続く蛍光灯には、明滅しているものや、消えているものも交じっている。

弱々しい明かりを、ぽつ、ぽつ、ぽつ、と繋いで——一部は途切れて——暗く、あるいは薄明るく、無機質に、有機的に——様々な表情を入り交じらせながら、廊下は、茫、と彼方へと伸びている。

廊下の左右に並ぶ、それぞれ外と教室に通じるガラス窓は暗闇で、墨を満たしたかのように黒く、向こう側を見通せない。まるでトンネルに入った電車の窓のようで、そんな黒で塗り潰したガラスの表面には、廊下と自分ともう一人の姿が、掠れた光沢に滲むようにして、どこかぼんやりと映っていた。

ずし、と見える影が、重い。

空気が虚ろで、うそ寒い。

そんな廊下を、啓は歩いている。冷たく硬く、砂埃でうっすらとざらついている床の感触を靴の裏に感じながら、先導者の後をついて、ひたひたと歩いていた。

先導するのは、緒方惺だ。

レトロな制服を着た惺。それは啓が着ているものと同じものだったが、他人が着ているのを見て、初めて啓は、その制服のデザインに見覚えがあることに気がついた。

啓の通う小学校は創立から十年ほどになるが、それは他の小学校との統廃合によって新しくなってからのことだ。その元になった、神名小という名前の小学校は、それよりも百年くらい昔からあったらしく、その歴史を記念する展示が、校長室の近くにある廊下のガラスケースの中にあるのを啓は見たことがあったのだ。

啓は絵描きとして優れた素養を持っていた。

見たもののディテールを、かなりよく記憶しているのだ。

だから憶えていた。その展示されているものの中に、あったのだ。

写真だ。白黒の古い写真。その集合写真の中の子供たちが着ていた制服が、いま惺が着ている服に、とてもよく似ていた。

昔の制服姿で、啓と惺は歩いていた。

啓は手ぶらだ。だが惺の手には、一本のスコップが携えられていた。

学校の中で持ち歩く姿はやや異様に見える、その若干小ぶりな、総ステンレス製の剣形スコップ。それは使い込まれて、傷と汚れに覆われているのにもかかわらず、剣先が明らかに鋭く研がれているのが、妙に印象的だった。

「惺、これって何だ⁉　何か知ってるのか⁉」

「……説明はする。でも、まずは来て欲しい。ここにいると危険だ」

屋上で顔を合わせたとき、思わず詰め寄った啓に、惺は気まずそうにそう言うと、まずは学校の中へと啓を誘導した。そして惺は、こんな状態の学校の中を、全て知っているかのように先行して、啓をどこかへと案内しようとしていた。

階段を一階まで延々と降り、そこから廊下を延々と行く。

啓はその道中を見回す。道中である校内の様子も、屋上と同じく、いや、それ以上に、異常な状態を呈していた。

夜であることを割り引いてもなお暗く、影が濃く、そして空気には延々とスピーカーから砂のようなノイズが流されている。途中で一つだけ、明かりのついている教室を見かけたが、その教室は窓の内側が異常なパズルのように積み上げられた机と椅子で塞がれていて、室内の様子を見ることができなくなっていた。

そして、その入口に張り紙があった。

『いる』

ノートの紙に子供の字。屋上で見たものと、ほぼ同じ張り紙。

どういうことなのか。何が『いる』というのか。もちろん気にはなったが、それを聞く雰囲気ではなく、並んで歩いている二人の間には重く張り詰めた沈黙があり、あれ以降、惺が話しかけてくることもなかった。

ノイズの他は静寂の廊下に、二人の足音だけ。

意味不明な状況の中で、緊張と動揺を帯びた浅い呼吸をしながら、啓は、二人は、黙々と歩き続けている。

緊張に、体温を奪われながら。

しかし、こんな状態でも、啓の中には、久しぶりに惺とまともに言葉を交わすことができたことへの、安堵のようなものがあった。

理不尽が、啓は嫌いだった。

一年間、惺から受けた理不尽。ここにその解答があるのなら、それはいま置かれている異常な理不尽の中にある、救いと言えた。

「啓」

やがて、前を歩いていた惺が、不意に意を決したように、重い口を開いた。

「僕は……君に、謝らなきゃいけない」

啓の方を見ることなく。しかし惺特有の、その少し堅苦しい話し方が、ほぼ一年ぶりに自分に向けられたのを聞いて、啓は懐かしさを覚えながら短く答えた。

「……聞くよ」

「急に説明なしに、君を遠ざけた。それが君を傷つけていることにも気づいてた」

「うん」

「悪かった。許してくれとは、とても言えない。一年前の僕は、もう二度と君とは話をすることはないと決めて、君を無視した。理由は僕とかかわることで、君を『ここ』に巻き込むかもしれないと考えたからだ」

惺は率直に言う。啓はそれに対しては何も言わず、逆に惺へと質問した。

「『ここ』っていうのは？」

「『ほうかご』」

惺の答え。

言葉の意味は分かる。だが絶対に、そのままの意味ではなかった。

「……ほうかご？」

「うん」

聞き返す。だがそれに惺は返事だけして答えず、廊下の曲がり角で立ち止まり、初めて啓の方を振り返った。その表情は、今のように疎遠になる前にはいつも見ていた、いかにも惺らしい、穏やかで冷静で意志の強そうな表情だった。

そして啓からは見えない、暗さだけが窺える、曲がり角の先を指さして、おもむろに口を開いた。

「着いた。ここだよ」

惺は言う。

「それから、僕が話をするのはここまでだ。後はここで、みんなと一緒に『顧問』から聞いて欲しい」

「顧問？　みんな？　どういうことだ？」

その問いに答えはなかった。

ただ惺が指さす先は、この学校の建物の中でも最も奥まった区画で。

さらに言えば最も古い区画で、昼間でさえ誰もいないような場所だった。

そこには――『開かずの間』があるのだ。

一番古い校舎の、奥の奥。この小学校の端の建物。ここは本校舎と接続され廊下も地続きになっているが、統廃合の際の改築の時に取り壊されずに再利用された建物で、家庭科室や図工室などの特別教室が集中している場所だった。

その一階の突き当たり。曲がり角になっている先の、短い袋小路の廊下。

そこは昼でも薄暗く、電灯がつけられることもなく、ただ備品倉庫と、それと向かい合わせに何の表示もされていないドアがあるだけの場所。

その何も書いていない方のドアが――『開かずの間』と呼ばれているのだ。

増築と改築から取り残され、薄汚れた印象のある端の校舎の中でも、最も暗い場所にあるその部屋のドアは、黒い埃を塗りたくったようにひときわ薄汚れていて、見るからに不気味なドアだった。

小さな正方形のガラス窓がついているが、向こう側から布か紙で塞がれているようで、中を見ることはできない。外側に窓もない。そしてこの部屋は、中がどうなっているのか、先生たちですら知らない、正体不明の部屋なのだった。

職員室に鍵もない。開けられないのだ。

そうして、しばしば先生たちですら『開かずの間』と呼んで話の種にしている、この謎の部屋は、特に低学年の子たちの恐怖の対象になっていた。

ドアに触ると呪われるとか、閉じ込められて餓死した子供の死体が部屋の中にそのまま残されているとか、そんな噂まであったのを啓も聞いたことがある。真偽は不明で、実際に呪われた子の話も聞いたことがないが、ふざけてこの暗い袋小路に入っているのが見つかると先生には怒られるので、あえて近づこうという子はほぼいない。

惺は、その袋小路を指さしていた。

そして、戸惑う啓を導くように、黙って曲がり角の向こうへと歩き出す。

「あ……」

啓は慌てて追いかけ、自分も。

角を曲がると、ひときわ暗い影が落ちている袋小路の――その突き当たりの両側にあるドアの片方に、煌々と明かりが灯っているのが目に入った。

「！」

開いていた。

その『開かずの間』のドアが開いて、暗い廊下に、光を落としていた。

惺が、部屋の前に立っている。状況のあまりの判らなさに、少しの躊躇があったが、啓はすぐに覚悟を決めると、自分も暗い袋小路に、そして袋小路の暗闇に漏れ出す光の中へと、足を踏み入れた。


「……っ」


明かりの眩しさに、思わず目を庇いはしたものの。

覚悟をした割には、『開かずの間』は、普通の部屋だった。

教室ほどには広くない、倉庫か、あるいは準備室ほどの大きさをした部屋だ。幽霊も怪物も怪しい物体も見当たらず、一方の壁を大きな木製の棚が埋め、もう一方は黒板。やはり印象としては準備室に近かった。

そしてそんな部屋に、所在なさそうに立つ、数人の子供たちがいた。

四人。

全員女の子かと思ったが、一人は女の子っぽい顔立ちをした男の子だった。

みんな、啓と同じ制服を着ている。そのせいで奇妙に時代がかった一団だ。何も持っていない子が大半だったが、そのうちの一人の女の子だけが、どういうわけか惺がスコップを持っているのと似た感じで、一本の竹箒を携えていた。

箒を持った女の子に、女の子っぽい容姿をした男の子。

肌の少し浅黒い女の子に、ひときわ背が高くて容姿の整ったモデルのような女の子。

そこに惺と啓。全員が、似たような年の頃だった。というよりも、何となく憶えのある顔ばかりな気がする。たぶん全員が、この小学校に通っている啓の同級生か、そうでなくても高学年の子ばかりなのだ。

「……」

部屋の入口に立った啓に、みんな一斉に、目を向けていた。

だがその表情は、それぞれ不安であったり緊張であったり、あるいは警戒であったり確認であったりと、啓に対して友好的な表情は、少なくとも明るい表情は、その中には一つたりともなかった。

そして――そんな少年少女たちの向こう。部屋の奥に、もう一人。

奥の壁際に置かれた机に向かい、背中を向けた、一目見て目を引く人物が、部屋の主のように座っていた。

その人物は、真っ白な髪をしていた。

一目見て目立つ、肩よりも長い白髪。小柄で、古めかしい半纏を羽織っていた。

この人物にだけは見覚えがなかった。一見して老人かと思った。だが啓がそう思った直後、その人物から発された声は、その口調と内容はともかく、声質は間違いなく年若い少年のものだった。

「…………はあ。やれやれ、これで全員そろったかな？」


立ち上がらず、椅子も動かさず、上半身だけ動かして、その少年は啓たちを横目に見た。

そこに垣間見えた横顔は、伸びた白い前髪が顔にかかっていたが、やはり啓たちと変わらない、同じような年頃の少年の顔だった。

彼はいかにも面倒くさそうな目で一度だけ全員を見回すと、また机の方に顔を戻した。

そして、後は啓たちの方を見ることなく、

「じゃあ、まあ、よろしくね。今年の『ほうかごがかり』のみなさん」


と言葉だけ。

ぞんざいな労いを、啓たちに投げかけた。

4

啓たちが唖然としていると、入口にいた惺が、困ったような様子で言いながら部屋の中へと入ってきた。

「先生……友好的にお願いしますと言ったじゃないですか」

「あのね、キミらとあんまり仲良くしても、僕にはいいことあんまりないんだよ」

はあ、と溜息をつき、がしがしと白髪の頭をかきむしる少年。そんな『先生』と呼ばれた彼は、惺から「ちゃんと自己紹介と説明をしてください」と促されると、仕方なさそうに、しかし頑なに背中は向けたまま、自己紹介した。

「はあ……えーと、僕は一応、ここの『顧問』ということになってる」

つい先ほど、惺が言っていた肩書きに付け加えて。

「名前は『太郎さん』。そう呼ばれてる。残念ながらここはトイレではないから『トイレの太郎さん』とは名乗れないし、相方らしい『花子さん』の方も、今のところこの学校にはいないけどね」

宙でぐるりと輪を描く手振りで『この学校』を示しながら、話す少年。交えているのはおそらく冗談だが、明らかに本人が面白がらせようとして言っていないので、ただ反応に困るだけの台詞になっていた。

「そこの緒方くんは、『先生』とか呼んでるね」

「うん、僕はそう呼んでる」

「違うんだけどね。キミらと同じ生徒だ。いや、同じと言っていいかは怪しいけど。まあ、好きに呼べばいいよ」

自己紹介しているとは言い難い、そんな自己紹介。そのやる気のない、ひねくれた言い回しは、確かに啓たちの同年代よりも、くたびれて歳のいった、子供嫌いの学校の先生あたりが言いそうだった。

着ている服も、子供らしくない半纏。

これも啓が最初に老人だと思った印象に、明らかに影響を与えていた。

ただ、その中に着ているのは、啓たちと同じ制服だ。しかし、この制服から感じるのも基本的にはレトロさで、まとめるとこの白髪の少年は、全体的に奇妙なほど古い人間の雰囲気をしているのだった。

「で、だ。僕の仕事の一つは、キミらに『説明』することなんだけど」

そんな彼は、言う。

そして、

「何の説明かというと――

まず、キミらは『学校の七不思議』って、わかる？」

「…………」

唐突な問いかけ。誰も、それに答えることはなかった。

ただ、普段の何でもない時に訊かれたのなら、ここに落ちたのは、ぽかん、といった様子の沈黙だっただろう。だが、今ここに落ちた沈黙は違った。もっと重苦しい、どちらかというと空気が凍るような、静まり返った静寂だったのだ。

「……まあ、わかんなくても、キミら、みんなもう見たよね？」

「…………」

そして、その反応に、少年は言った。

思わずそれとなく周りを見る。互いに。沈黙の答えがそこにあった。

ほぼ全員が、怯えや緊張に、顔を強張らせている。つまりはそういうことだ。啓は屋上で普通ではない赤い『何か』を見て、次に学校を囲む亡霊を見て、さらに異常な状態の校内を通ってここに来た。そんなところに『怪談』的なものを提示されれば、それらが結びついてしまうのは当然の帰結で――――そして全員が同じということ。みんなが同じようにそれぞれ途中で『何か』を見て、ここにいるということなのだ。

「……あのさ」

居並んでいる啓たちの中でひときわ背が高く、ひときわ整った顔立ちの少女が、緊張と警戒が露わな固い表情で、睨むようにして言った。

「あれ、一体、何なの？」

「……」

背中を向けたままの彼は、それには答えなかった。もう、とっくに答えなど明らかだと言わんばかりだった。

彼は少しの沈黙の後で、また口を開く。

だが、それは彼女の言った質問への回答ではなく、元の説明の再開だった。

「……学校には、『七不思議』がある」

彼は言った。

「キミらがどんなのを見たのかは知らないけど、そのキミらが見た『モノ』がまさにそれだ。あれがいったい何なのか、本当のところはわからない。実際、七つというわけでもなく、もっとたくさんいて――――毎年、そのうちの七つが目を覚まして、六年生か五年生から、それを世話する『かかり』が七人選ばれる」

そこまで少年が説明した時、後ろに控えていた惺が前に進み出て、チョークを取って、黒板に文字を書いた。

『ほうかごがかり』

その光景に、啓が覚える既視感。

それから周りから、息を呑む気配。この得体の知れない係の名前に見覚えがあるのは、どうやら啓だけではないらしい。全員が黒板の文字を凝視していた。そして、そこに続けられたのは啓にとって、それからおそらく他の子にとってもやはり、明らかにそれぞれ身に覚えのある説明だった。

「『かかり』に選ばれた子は、毎週金曜日の、夜十二時十二分十二秒に、この『ほうかご』に自動的に呼び出される」

彼は言ったのだ。

「ここに来た時、キミらは最初に『何か』を見たろ。それが、キミらがそれぞれ、これから世話しなきゃいけないモノだ」

「…………!?」

皆の間の空気に、明らかな不安が広がった。

「あの『何か』は、誰が言い出したのかはもうわからないけど、こう呼ばれてる。『学校の七不思議』をもじって、名前のない無名の不思議と書いて、『ナナフシギ』」

　そして惺が、それを黒板に書いた。


『無名不思議』


　みんながそれを凝視した。

　白髪の少年は、

「僕が考えたんじゃないから。センスについては文句は聞かないよ」

　と断りを入れると、仕切り直すように、かつん、と持っていたペンで机を叩いて、それから改めて、話をまとめて言った。

「……さて、というわけで、キミらは全員、この『ほうかご』と呼ばれている異次元の学校に呼び出されて、『無名不思議』の管理と記録をする世話係、『ほうかごがかり』になったというわけだ」

　それは啓の置かれている、この異常な状況を説明する、完全な説明だった。

　だが、それが正しいのか、納得できるかは、それぞれ全く別の話だ。啓の中の警戒心は、もちろん納得などしていない。だが、だからといって、この異常すぎる状況に、他の納得できる説明をしろと言われても、それも全くできないのは確かだった。

「わけがわからないよね？」

そして、そんな啓の内心を読み取ったように、少年は言う。

「納得もできないよね。どう？」

「……」

挑発するように言う。それを聞いた啓は、たった一人、みんなの中から抜け出して、無言で前に進み出た。

「！」

周りの子たちが、ぎょっとした空気になって、啓を見た。

その驚きと、信じられないといった様子と、それから少しの期待の視線を受けながら、啓は黙って彼へと歩み寄った。

もちろん納得できない。これが夢なのではないかという意識も、まだどこかで少しある。

だが何より、彼が話をしている間、全くこちらを向かないのが納得いかなかった。それは啓を散々理不尽な目に遭わせて、その様子を見て大笑いし。しかし一般的には悪いことをしているのは理解はしているので啓とは目を合わせずに、へらへらしていた自分の父親の姿が想起されて――――せめてこの少年がどんな顔をしてそんなことを言っているのか、確かめてやらなければ気が済まなかったのだ。

「………」

だから、座っている彼の、すぐ側に立った。

そうして、彼を見下ろした。

彼が、啓を見上げた。

啓は見た。初めて正面から見る彼の顔。それと彼の座っている机。そこに積まれた無数の本と書き付け。それから机の下の、暗がりに置かれた彼の足と――

その足首をつかんでいる、暗がりから伸びた誰のものでもない白い手をだ。

見てしまった。

啓は、目を見開いた。

「!?」

「僕もだ」

啓と目を合わせて、彼は言った。

「僕も納得してない。だって僕も、〝呼ばれた〟一人だからね」

白い髪の少年の表情は、その目は、啓が思い描いていたものとは違っていた。啓を見上げる彼は、たった今まで下手な諧謔と露悪を振り回していた彼の目は、ひどく真面目で真摯で冷静で、そしてひどく――倦み疲れていた。

「…………」


啓は、何も言わなかった。

目を見開き、口をつぐんだまま数秒、そんな彼の目と、彼の足をつかんでいる、『何か』の手を、じっと見た。

そして、止まっていた息を、静かに飲み込む。

それから数歩、彼から身を離した。周りのみんなの視線が、彼から外れるように。みんながあれに気づかないように。ここで、啓が見た〝手〟に気づかれても、啓の内心が今そうなっているように、収拾のつかない混乱を呼ぶだけと思ったからだ。

そして、同時に理解した。

ここに来てからずっと納得がいかなかった、公明正大な性格の惺が、ずっとこの少年に協力的にしている、その理由を。


「……」

少年は、啓が何もせずに離れると、溜息をつき、見上げていた視線を再び下ろした。そしてまたみんなから視線を外し、壁の方を向いて、背を丸めて机に頬杖をついて、中断した説明を再び続けた。

「……御愁傷様。キミらも、僕も、望んでないのにここに〝呼ばれた〟」

改めて、皮肉げに彼は言う。

「でも、呼ばれたのは、キミらだけでも、僕らだけでもない。ずっとずっと、毎年七人が『ほうかごがかり』として、ここに呼ばれてきたんだ」

「………………！」

その言葉に、みんなの気配が動揺するようにざわめいた。

「多分、この小学校ができた時から、ずっとそうだった。そんな過去の『ほうかごがかり』の記録が、ここには残ってる。その棚にあるものが、全部そうだ」

言って指差したのは、部屋の片面を埋めている、大きく古びた木製の棚。改めて目を向けると、その棚にはぎっしりとノートや綴じられた紙束が、比較的新しいものから変色しているものまで、綺麗なものから乱雑なものまで、大量に詰め込まれていた。

この全てが記録だという。

小学生の身では気の遠くなるような、啓には、そしてきっと他のみんなにも、実感が湧かないほどの、長い年月。大量の記録。

「僕はそこの記録を、ずっと読んでる」

彼は言う。

「ずっと昔から、この『ほうかごがかり』は続いてる。何十年もずっと続いて、一度も解決なんかしていない」

「…………」

「今、キミらは戸惑ってると思う。まだ夢だと思ってるやつもいるだろう。キミらは僕の言うことを信じてもいいし信じなくてもいい。従ってもいいし逆らってもいい。けど、まずは僕や緒方くんの説明やアドバイスを、一応でも聞いておいた方がいい。とにかく何もかも、判断するのはそれからだ」

誰ともなく、みんなが惺を見た。黒板の傍に立った惺は、神妙な表情で頷いた。

「そういうこと。まずはよろしく」

「緒方くんは去年から、『かかり』の仕事をやってる」

付け加える少年。

「それから、そこの堂島さんも。経験者が二人もいる年は珍しいよ。おかげで僕も、少しは楽ができそうだ」

「……！」

急に名前を呼ばれて、箒を持った少女が、みんなからの視線を受けて、慌てておど、おど、おどと会釈した。

「そうだね、じゃあ、まずは」

そこで、少年は座る姿勢を変え、腕組みをする。

その後を惺が引き取った。

「じゃあ――とりあえず、お互いに自己紹介しようよ」

と宣言して。

5

黒板に書いた『ほうかごがかり』の文字の横に、まず『緒方惺』と、自分の名前をお手本のような上手な字で書き込んだ。

緒方惺
堂島菊
二森啓

見上真絢
瀬戸イルマ
小嶋留希
顧問――太郎さん

†

黒板に、七人の名前が書き込まれた。

惺と菊と啓、真絢の四人が六年生。イルマと留希が五年生。

「見上真絢」

簡単な自己紹介では、最も口数が少なく名前しか口にしなかったが、それでも彼女が最も印象に残った。飛び抜けて容姿が整っていて、髪が長く綺麗で、背も一番高く、加えて人前に慣れている堂々とした態度。そして基本的に人のことをあまり憶えない啓でさえ、はっきりとその存在を認識している有名人だった。

そして、

「小嶋留希です。五年二組です。よろしくお願いします……」

次に印象が強いのは、留希だ。

線が細く、睫毛が長く、髪もやや長めで、制服がズボンでなければ勘違いしたかもしれないくらい、可愛らしい容姿の少年。

だから最初は女の子かと思った。名前も女の子っぽい。だが手足や骨格が、啓のような習慣的に人間をよく見ている観察力が高めの人間からは隠しきれない程度には少年で、自己紹介の声もちゃんとした少年のものだった。

「ボクは……瀬戸イルマ、です。五年一組です」

その次はイルマ。自分のことを『ボク』と呼ぶ女の子。

彼女も、何となくだが学校で見たことがある気がする。『イルマ』という名前からもそうだが、肌も少し他の子よりも褐色がかっていて、おそらく両親のどちらかが、どこか南方の外国人であるらしいことが窺えた。

そして――

「あっ、えっと、えっと……堂島、菊です……六年二組です……」

最も容姿の印象が薄いのが、彼女だった。

聞けば啓と同じクラスだった。言われてみれば確かにいた気がする。だが啓には、彼女についての印象がほとんどなかった。ロングヘアというわけではないが前髪が長めで、顔が隠れ気味。声が小さく、態度が弱く、容貌も素朴で、特徴が薄い。しかしだからと言って悪目立ちするほど非社交的なわけでもない。

パーカーの袖から覗く手指や、ハーフパンツから出ている脚に、いくつも絵柄付きの絆創膏を貼っていて、それが辛うじて啓の記憶にあった。今は場違いな竹箒を抱くようにして抱えているので、まずそれに目がいった。

だが、それもやはり、本人そのものの特徴とは言い切れない。だが、容姿の特徴が他の子と比べて平凡という点では、この中では唯一彼女だけが、啓と同じカテゴリにいる人間だと言うこともできた。

「……さて」

そんな面々に、惺と啓と『太郎さん』を加えて。

七人が、順番に自己紹介を終えると、小学生らしい順応性で、惺に主導される形でいつの間にか『ほうかごがかり』の係活動らしい形になっていた。

「じゃあまず、『かかりのしごと』の内容について、詳しく説明しなきゃね」

惺が言う。

「どうせ金曜日には『ほうかご』に呼ばれてしまうんだから、ここがどういうものなのか、知識として持っておいた方がいいと思う」

そして、部屋の奥にいる背中に「先生」と呼びかけると、仕方なさそうに『太郎さん』が背もたれに深く座り直し、声だけ向けて話し始めた。

「……あー……まずキミらは、さっきも言った通り、ここ『ほうかご』で、『無名不思議』の世話係をすることになる」

惺が渾名で呼ぶくらいには、いかにも先生っぽい語り口で。

「『かかり』があるのは毎週金曜日、夜中の十二時十二分十二秒。チャイムが鳴って『ほうかご』に呼び出されて、四時四四分四四秒に終わる」

その傍らで、惺が黒板に、

『十二時十二分十二秒～四時四四分四四秒』

と板書する。

「今のキミらは土曜日が休みだからいいよな。昔は土曜日は半ドンっていって、午前だけ普通に学校があったんだ。その頃の『かかり』は、みんな心も体も疲れ果てた状態で土曜日の学校に行ってたんだよ」

実体験のように言う『太郎さん』。当てつけがましい響きだったが、だとすると今は何歳なのかと、この場の誰もが疑問に思って表情が動いたが、そこで気安く質問ができるような関係ではなかったし、わざわざそれをする性格の子もいない。

ただ、イルマがおずおずと手を挙げた。

惺が応じる。

「質問かな？　どうぞ、瀬戸さん」

「あの、ボクたち、帰れるんですか？」

「帰れるよ。安心して。四時四四分四四秒にチャイムが鳴って、僕らは元のように寝ていた部屋で目を覚ますよ」

その惺からの返答を聞いて、イルマはあからさまにホッとした様子をした。そして、それは他のみんなにとっても同じで、明らかに一同の空気に安堵が混じった。その様子を見回してから、惺は改めて会を進行した。

「他には？　……じゃあ、先生、続きを」

「あー……じゃあ、続き。ここに来たキミらは、『かかりのしごと』をしてもらう」

続けて、『太郎さん』が言う。

「『無名不思議』の世話だ。といっても、何かやり方が決まってるわけでもないし、特別な何かが必要なわけじゃない。関わっても、無視してもいい。ただ『アレ』を観察して、日誌を書いてくれ」

言って『太郎さん』は、机の上に他の本と共に積んであった、学校で日直が書くようなバインダーを一冊取り上げて一同に見せた。

「記録するんだ。とにかく大事なのは『記録』だ。今までの経験と、今までの『かかり』の記録からわかってることを言うと、『アレ』ら『無名不思議』は、どうも学校の怪談の『雛』のようなものらしい。

でだ、適切な管理と記録をしないでいると、『無名不思議』はだんだんと成長して、最後にはこの『ほうかご』から脱走して、本物の『学校の怪談』になる。そうなった『アレ』らは『昼間』の学校に現れて、何も知らない生徒たちを襲うようになる。

でも逆に『アレ』らは記録されると、記録されただけ成長が止まる。もし完璧な『記録』を完成させると、もうその『無名不思議』は完全に成長が止まって、『ほうかご』から脱走することもできなくなる。だから『ほうかごがかり』であるキミらの仕事は、それを目指してほしい。それに――――もし完璧な『記録』を作って『無名不思議』を無力化したら、本当は卒業までが任期の『ほうかごがかり』だけど、それよりも早く『かかり』から解放されるという噂があるな」

「！」

大事な発言に、一同は顔を見合わせた。

「で、それでだけど――さて、キミら」

そして、その発言への波紋も収まらないうちに、『太郎さん』は。

「今日初めて『ここ』に呼ばれたわけだけど、まず最初にどこにいて、何を見たのか、言ってくれるか？」

質問をした。珍しく身を捻って、啓たちを見やって。

片手に、万年筆を持っていた。その様子を見た啓は、どうやらこの質問は記録を取るくらい重要のようだ、という予断と、やっぱり持ち物も年配者っぽいんだな、という感想を、同時に内心で抱いた。

そして――

二森啓『まっかっかさん』
見上真絢『赤いマント』
瀬戸イルマ『ムラサキカガミ』

小嶋留希『こちょこちょオバケ』

面々が質問への回答を終えるたび、黒板には惺の手で、そんなふうに新たな書き込みが加えられた。それぞれの名前と、担当する『無名不思議』の名前。啓たちのそれぞれの回答を聞いた『太郎さん』が、説明された『あれら』の内容から特徴と呼べるものを抜き出して、名前をつけたのだった。

「……」

「仮の名前だよ。何も名前がない方が困る」

赤い人影だから『まっかっかさん』。つけられた名前の安直さに微妙な表情をした啓に、渋い顔をして『太郎さん』は言った。

「それに、これは実際にある有名な怪談の名前だ。そのセンスを僕に言われても困る。文句はこれに名前をつけた誰かに言ってくれ」

言いながら『太郎さん』は『怪談・都市伝説』と表紙に書かれた分厚い本を机の上から取り上げて、そのページを開いて叩いて見せた。確かに『まっかっかさん』という表題がそこにあり、傘を差してレインコートを着た、不気味な子供のイラストが描かれていた。イラストは白黒だったが、それを仮に全部赤にしたとしても、自分が見たものと同じモノには、啓には見えなかった。

「……キミは不満そうだけど、この『ほうかご』と、『無名不思議』と、『学校の怪談』は間違いなく関係があるんだからな」

啓の様子に溜息をついて、『太郎さん』は言った。

「『学校の怪談』には、『ヨジババ』とか『四次元ババア』とか呼ばれているものに代表される、四時ぴったりとか、四時四四分四四秒に鏡の中から現れて、人間を異次元に引きずりこむ怪異がいるんだ。十二時ぴったりの奴もいる。多分、この『ほうかご』はそれの一種なんだろう。ここはただの深夜の学校じゃなくて、『学校の怪談』で語られてる、鏡合わせのように『昼間』の学校と接して存在してる、異次元なんだ。

ここは『学校の怪談』の世界みたいなものなんだ。実際は、そうなる一歩前の状態。記録と経験からすると、確かに奴らは既存の『学校の怪談』に似てるんだ。だから『学校の怪談』の名前をつけた方が、管理が楽なんだよ」

言われて啓は、今まで通ってきた学校の様子を思い出す。闇に孤立している学校、墓場と化しているグラウンド、敷地を囲む子供の幽霊、現実には存在していないフェンスの破れ目がある屋上に、耳に障る放送のノイズ。

思い出しても、有名な怪談に似ているものがある印象はなかった。

だが、そこで啓は別のことに気がついた。校内を歩いているあいだずっと聞こえていたあのノイズが、この部屋では聞こえないのだ。

見回すと、この部屋にはスピーカーがなかった。

そしてこの部屋がそもそも、『開かずの間』であることも思い出した。確かに、この『ほうかご』の学校が異次元であることは、認めてもいいかもしれない。それから、この部屋が『ほうかご』の学校の中では、比較的安全なのではないかという考えも。

「……」

そんな風に、頭の中で結論をする啓。

だが、その見た目のあまりの反応のなさに、『太郎さん』が不満げに顔をしかめた。

今いるこの場所が『異次元』だという発言に、他のみんなが周りを見回して、不安そうな空気になり始めてもいた。それを読み取ったのか、惺が話を変えるため、声をあげて、いつの間にか取り出していた四角く薄い箱を掲げた。

「……じゃあ、みんな、今はとてもじゃないけど、まだ『かかりのしごと』ができるような気分じゃないと思う」

もう片方の手には、ペットボトルのお茶をぶら下げて。

「だから、少し休憩しよう。お茶とクッキーを持って来たよ」

そしてささやかながら、お茶会ということになった。狭い部屋で、椅子もテーブルもなく、冷たい床に座って直接紙コップを置き、互いの会話もほぼ全くないお茶会。配られたクッキーだけは、高級店のものだった。

それでも何とか、それによって、少しだけ、みんなの様子が落ち着いた頃。

惺は言った。

「……えーと、みんな、聞いてくれ。来週金曜日、僕らはまた、この『ほうかご』の学校に呼び出される。そのために準備しておいた方がいいことを、今から説明するよ」

惺は立ち上がって黒板に向かい、そしてみんなが見ている中、黒板に必要事項を端的に書き出しながら、あれこれと列挙した。

「まず憶えておいて欲しいのは、『ほうかご』に来る時に身につけてた物はだいたい持ち込めるから、バッグを枕元に置くとか、心配なら身につけたまま寝るといい。必要なら何でも持ち込めばいいけど、時々なぜか物が消えることがあるから、それだけは憶えておいて。

次に用意して欲しい物だけど、記録のための筆記用具は持ってきて。ここにも一応予備はあるけど、足りなくなったら困るから。それから、できれば金属製の刃物とか、何か武器になりそうなものがあった方がいい。『ほうかご』には、みんなが担当する『無名不思議』の他にも時々妙なモノがいる。でもそいつらの大半は弱くて、金属製のものを嫌がるから、持ってるだけでお守りになる。

普通のお守りとか数珠とかは、効くやつもいたり、効かないやつもいたりして、確実じゃないからあんまりお勧めはしない。あとはそれぞれ個人的におやつとか、心を落ち着けられる何かがあったりしたら、それを持ってきてもいいんじゃないかと思う」

言いながら、かつかつとチョークを走らせる惺。

バッグ、筆記用具、そのほかあれこれ。

そこに『武器（金属製の何か）』という項目がなければ、遠足か旅行の手引きのようだ。

そして、「憶えきれなかったらこれを見て」と、コピー用紙を折った『かかりのしおり』が配られたところで、みんなの困惑は最大になった。だからといって和むような、笑えるような空気でもなく、ただただ微妙な空気で、真面目に話をする惺と、手元に配られたしおりを交互に見つめるばかりだった。

「あとは……」

一通り用意すべき物の列挙が終わった後、少し考えた惺は、はたと思い出した様子で、まだ困惑している様子の皆に向き直った。

そして、いかにも大事な話をするかのように、

「あとね、これはいますぐは難しいかもしれないけど」

と言って、みんなに向けて、開いた左手を差し出した。

「……？」

一瞬、何をしているのか、啓にも判らなかった。人に指輪を見せるような動作。だがすぐに

気づいた。よく見ると惺の左手の薬指の爪が長く伸ばされていて、まるで剣の切っ先のように尖った形に切られていた。

「左手の薬指の爪を、こんな風にさ、尖らせるといい」

惺は言った。

「爪……？」

「そう。何でかっていうとさ、『無名不思議』には、怖いのももちろんだけど、それだけじゃなくて僕らの心をどうにかしてくる奴が、結構いるんだ」

惺は、啓を見る。身に覚えがあるだろ？　言外にそう言っていた。

確かに身に覚えがあって、啓の背筋に、うっすらと冷たいものが這い上がった。つい先刻のことを思い出す。屋上で、誘われるようにフェンスの破れ目を覗き込もうとしていた、自分ではない、忘我の自分を。

「そんな時に、左手を強く握り込んだ」

惺は差し出した左手を、握って拳にした。

「そうしたら、爪が手のひらに刺さって、痛みで目が覚める。何かおかしいと思ったら、僕らは左手を握るようにいつもイメージトレーニングをしてる」

再び開いた手のひらには深くくっきりと、爪が突き刺さった痕がついていた。

そうする惺の目は真剣で、何か、明らかに普通ではない経験を経てきた人間特有の、覚悟とも異常性とも言えそうな何かが、うっすらと滲み出していた。見ているみんながその異質さに気づいた。気圧された顔で、みんな惺を見ていた。

その雰囲気に気づいたらしく、はっ、と惺は左手を引き戻す。

そして、

「ああ、そうだ。だからさっきの金属製の武器とかは、片手で使えるものがいいよ」

と取り繕ったように微笑んで。

自分も去年、先輩に言われて、片手で使える軽くて小ぶりなスコップを、わざわざ探したんだよ、などといった、道具自慢とも苦労話ともつかない他愛のない話を交えて、その場の空気を誤魔化した。

6

休憩が終わると、校内の案内が始まった。

しゃ――――――っ、

とスピーカーから漏れ続ける、空気に砂を流すような微かなノイズ。それを肌と脳に浴びながら、異様に照明が暗い深夜の学校の廊下を、もうこの世には存在しないはずの制服を着た集団が、ただ黙って歩いていた。

神経に砂が触れるようなノイズの他に、学校に満ちているのは、自分の呼吸の音が聞こえるほどの墓場のような静寂。その中に響く自分の足音。ぱた、ぱた、という、『ほうかご』に来た時に履いていた自分の持ち物ではない靴の立てる足音は、聞き慣れないあまりにまさしく自分の足音ではないように聞こえて、周囲の薄暗がりと共に、密かに根深く持ち主の精神を脅かしていた。

そんな中、時折、目に入るものがある。

明かりだ。ほんの時々、明らかに電灯が点いていて、廊下に煌々と光を漏らしている、明るい教室がある。

廊下に並んでいるほとんどの教室は、中の様子が判らないほど暗い。ただ黒々とした窓ガラスだけが並んでいる、そんな通路に、ぽつん、と一つだけ、明るい光を放っている教室があるのだ。

ただ暗い、薄暗い学校の中に、明かりが見える。

だがそれは——本当ならば人間は安心するはずの明かりは、この学校の中では、あまりにも異物だった。

見ていると、なぜかひどく不安になる。

無機質で。それなのに有機的。

息づいているようで。しかし生き物ではない感じ。

そして――――そんな教室の扉には、必ずあるのだ。


『いる』


張り紙。破ったノートなどに、ただ一言『いる』とだけ書かれた、手作りの張り紙が、そんな教室には貼ってあるのだ。

そして、そこには言葉通り。

いる。いるのだ。異常な、何かが。


ある教室は、中央に固まった、黒いもやのようなものがいた。

ある教室は、机の間を、赤いハイヒールが、かつかつと足音を立てて歩いていた。

ある教室は、白いシーツが部屋の真ん中に敷かれていて、その中央が、人の大きさと形に盛り上がっていた。

ある教室は、机が幾何学的な模様に並べられている。それは人間がやったものとは思えない精密さで、しかも見るたびに形が変わっていた。

ある教室は、七人の子供が立っている。白々とした明かりの下、廊下に背を向けて、一列に並んで、微動だにすることなく。

ある教室は――音楽室は、ピアノがデタラメな音を鳴らしている。天井からたくさんの腕が絡み合いながら、ねじくれた樹木のようになって生えていて、競うように鍵盤を叩いているから。

ある教室は、目を疑うことに、電車が止まっていた。教室の窓とドアの向こうに接するようにして電車の窓と扉があって、煌々と明かりの点いた、誰も乗っていない電車の車内が中に見えていた。

ある教室は、何もない。何もないように見える。

だが明かりが点いていて、入口の扉が全開に開いていて、閉めても次に見た時には開いている。そして惺からは忠告された。「入ったらいい気分にはならない。正直に言って、おすすめしない」と。

そして――――啓たちはいま、放送室の前に、いる。

惺の案内で校内を巡り、最後にやって来た放送室は、廊下から中を見ることができる防音のはめ殺し窓から、首吊り死体が見えていた。

機械でいっぱいの狭い放送室で、少年が首を吊っている。

明かりに照らされて、まるで水槽のように密閉されている部屋の中で、首を吊った少年は後ろを向いた状態で天井から伸びた紐の先にぶら下がっていて、どんな顔をしているのかは見ることができない。

入口は開かない。密室になっている。

この密室は、学校にある全てのスピーカーと繋がっている。

今まさに鼓膜と精神を引っ掻いているノイズは、この密室の中から出ている。

耳障りなノイズを止めようと、あるいは中を確認しようとした『かかり』は今までに何人かいたが、この入口はどうやっても開けることはできず、窓を破ることにも成功していないということだった。

そして、

『いる、いる』

窓の脇に、張り紙。

この張り紙は、何らかの『無名不思議』がいると確認された場所に、『かかり』が貼り付けている目印だ。

まだ何者かも分からない、七不思議未満の、名前のない異常。

まだ『かかり』の他には誰も知らない、まだ触れるべきではない、そして、いつかこれを担当する『かかり』が選ばれて連れてこられるだろう、まだ『ほうかご』の教室という卵の殻の中にいる、異形の雛。

「……今まで見てきた担当のいない『無名不思議』は、教室から出てくることはほとんどないから、そこは安心していいよ」

惺が言う。

ここまで案内され、放送室の前で。みんなは、放送室の前ではあるものの、窓が目に入らない場所に寄り集まって、青い顔をしていた。

暗く、不気味で、異常極まる校内を巡って来たことによる、激しい緊張と恐れで強張った表情。血の気が引き、にもかかわらず心臓は早鐘のようで、みんな必死で息をしている。まるで自分がまだ生きていることを確認するかのように。

この中では多分、一番臆病なイルマなどは、今にも吐きそうな顔をしていた。

惺と共にみんなを案内してきた、これが初めてではないはずの菊も、相当疲弊している。

おそらく武器がわりにしているのだと思う箒を胸の辺りで強く握りしめて、時にはぎゅっと目を閉じていた。

恐れと、緊張と、不安。

改めて、みんなは現実と直面していた。

現実ではない世界に、自分がいるという現実に。

そんなみんなに、ここまで連れてきた惺は、真摯に同情の目を向けながらも、しかしはっきりと言い切るのだった。

「これから、みんなは、この世界で『しごと』をしなきゃいけない」

重い空気に、重い言葉を。

「だから案内したんだ。できるだけ早く慣れて欲しいから。それから、知って欲しいから。今まで見てきたような『無名不思議』が学校にはたくさんいる。あれは全部、基本的には自分のテリトリーから出てこないし、何もしてこないけど、僕らがテリトリーに入ったら何かしてくる。絶対に近寄らないで」

「…………」

その言葉を、みんな重い気持ちで聞く。視界の端に、廊下へと明るく光を漏らす、放送室の窓を見ながら。

「『かかりのしおり』の、ここを見て」

惺が、『しおり』を開いて言う。

確かに書いてあった。

心得の項目。

・自分の担当以外の『無名不思議』には近寄らない。

実感した。せざるを得ない。

惺は言った。

「じゃあ——それを踏まえて、次からは、『かかりのしごと』を始めるよ」

†

全員に、『かかりの日誌』が配られた。

昼の学校で、日直が書く学級日誌とよく似た体裁をした黒いバインダー。表紙には、おのおのの名前が油性ペンで書かれた、真新しいシールが貼られている。

ただ明らかに世代が昔のもので、パンチ穴の開いた紙を分厚い表紙で挟んで、紐で綴じるという方式の古い日誌帳だった。分厚く頑丈な厚紙でできた表紙は、すでに使い込まれて黒い塗料があちこち剝がれていて、白の厚塗りで書かれている『日誌』の文字も、それぞれ程度の差こそあれ、かすれて読みづらくなっていた。

「特に理由がない限りは、それに記録して」

言う『太郎さん』。

「僕が『かかり』になった時には、もうこれでやってた。中身は好きに書けばいいけど、形は統一されてた方が、僕も管理が楽だからね」

中を開くと、やはり学級日誌に似た形でページが枠で区切られていて、それぞれに記録すべき事柄が書いてあった。

ただ、普通の学級日誌とはやはり違っていて、時間割や行事などの項目はない。書かれている項目は、まず『日付』『担当する人の名前』『いる場所』『無名不思議の名前』の基本的な情報。次に『見た目の様子』『その他の様子』という、大きめの記入欄。そして後半の半分近くを占める、『前回から変わったところ』という欄があって表が終わり。そして最後に裏面全体が『考察／その他』という自由記入欄になっていて、それで一枚、一日ぶんという日誌の構成になっていた。

それから——もう一つ。

できるなら目に入れたくはない、気にしないようにしたかったのだが、どうしても目を引いてしまう項目が、もう一つあった。

表の上の方にある、それほど大きくはないスペースの記入欄。

『危険度』

その『無名不思議』の危険さを、1は『何もしてこないし何も感じない』、5は『命の危険がある』を基準に、5段階評価で書き込むという欄が、しれっと、しかしあまりにも嫌な存在感で存在していた。

ともあれ、これに記入すれば、最低限の記録ができる。

なので基本的にはこれに従って書けばいいと、『かかりのしおり』にも書いてあった。

ただ、あくまで基本的にはだ。

・ただし、それぞれ何行か書いたくらいでは、完全な記録には全く足りない。

こんな風に『しおり』には書いてあって、残念ながら啓は、それについては全面的に同意する以外になかった。

思ったのだ。

つい先ほどまで校内を案内されて、いくつも見てきたあまりにも異常なモノたち。

それを完全に表現しきるには、そして記録しきるには、こんな日誌では、あまりにも足りない。啓自身は決して作文が苦手ではない、むしろ得意な部類に入る子供だが、それでもこんな日誌のテンプレートを埋めるために言葉を尽くしたくらいでは、あれらを表現するのにはとても足りる気がしなかった。

………………

†

この日は、それで終わった。

四時四四分四四秒。

静まり返っていた『ほうかご』の学校に、チャイムが鳴り始めた。

音割れするほど大きな音のチャイムは、しかし夜中のそれのように、激しい頭痛や眩暈を伴うことはなかった。ただ、夜明けのように目の前の景色を急激に白く遠く塗りつぶして、啓の意識を速やかに、彼方へと運び去った。

『まっかっかさん』

雨の日に現れる、赤い傘、赤い長靴、赤いレインコートの子供。
これを見た人は死んでしまう。
死を回避するためには、何か赤いものを身につけておくとよいとされる。

二話

1

布団の上で目を覚まし。
カーテンの外の白みかけた灰色に照らされている、ぼんやりとした天井が目に入ったとき、
啓は今まで、ひどくリアルな夢を見ていたのだと思った。
だが、それは――

四時四四分四六秒。
という、咄嗟に目を向けた時計に表示されていた時間と。
ふと異物感を感じて、胸の上から持ち上げた自分の手に握られていた、

『かかりのしおり』
という手書き文字の表題がついた簡素な冊子と、分厚い表紙の日誌帳の、二つのものを目にするまでの、ほんの短い間だけ。

……………

†

週末が終わり、月曜日の朝になった。

啓と母、二人だけの二森家は、経済的にも、また時間的にも、余裕があるとは言い難い家庭だった。

今日も母の二森恵は朝早くから身支度をし、トーストと卵をメインにした簡単な朝食の準備をすると、自分は準備したものの半分も食べずに、啓が学校に出発する時間よりも早く仕事に出かける。

「じゃあ、お母さん、もう出るね。あとはよろしくね」

「うん」

「ごめんね。まだお金は残ってる？」

「大丈夫」

「わかった。じゃあ、行ってきます。今日も頑張ってね」

「うん、母さんも」

啓は母親を見送ってから、朝食を摂り、食器をキッチンのシンクに漬け置きして、自分の学校の準備をする。週末からずっと、全然寝付けない日々が続いているので、いつもよりも、少し眠い。

あくびをしながら着替える服は、全部自分で、古着屋で買っているもの。筆箱も鉛筆も、連絡帳を入れる袋も、それから楽器などの学用品も、基本的に啓が自分で探した、それなりの見た目をした安物と中古品ばかりだ。母と一緒に買い物に行く時間がなかなか取れないので、自分の持ち物は基本的に、お金だけ渡されて自分で買う形になっている。そして余裕があるわけではない予算をさらに切り詰めて、画材代に回している。

余裕のない母子家庭。

母である恵は夫と離婚しているが、離婚に伴う慰謝料も財産分与も、ほぼ何もなかった。

啓の父は収入も地位もあり、妻に優しい夫だったが、なぜか息子である啓には極めて悪質な嫌がらせを密かに繰り返していた。巧妙に隠していたそれに恵が気づき、話し合うなどするうちに夫の異常性に気づいて、息子を守るために離婚を決意したが、金銭と地位と破綻した人格を併せ持つ人間と法的に争うと、どれだけ厄介かも思い知ることになり、結果、着の身着のままで逃げ出すことで、ようやく平穏な生活だけを手に入れたのだ。

啓はこの数年間、母が自分を守るために、どれだけ苦労したかを目の当たりにしながら生活し、育った。

そして、いまだに苦労が続いていることも。

厳しい家計はその苦労の最大の部分で、啓の趣味であり全てである絵が、そんな家計を圧迫していることも自覚していた。しかしそれでも母は、才能があるのだから絵は絶対に描き続けるべきだと、啓に言ってくれていた。

啓は本来、物静かな子供だった。

ストリート寄りの服装を専らにしていたが、そんな見た目に反して静かで大人しく、物わかりのいい子供だった。

できるだけ啓は、母の負担になりたくないと考えていた。

こんな苦労をしている母の手を煩わせないようにしなければならないと、いつも考えて暮らしていた。

心配させてはならないと。いい子でいなければならないと。

自分自身に、課していた。

なので言えなかった。

あんなことは。

あんな。

——『ほうかごがかり』の、ことなんか。

†

少しだけ、本当に、ただの夢だったのではないかと期待していた。

登校したが、小学校の周りに手を繋いだ幽霊が囲んでいることはないし、もちろんグラウンドは墓場になどなっていない。見上げても、屋上のフェンスに破れ目も見当たらない。しかしあの『開かずの間』を確認しようとして例の廊下に行くと、そこには惺が待っていて——そして待ちながら読んでいた文庫本を薬指の爪を尖らせた左手で閉じて、啓へと話しかけてきたことで、あの全てが事実であったと、残念ながら確定してしまった。

「啓、おはよう」

少し気まずそうに微笑んで、少しだけ伏目がちに、挨拶してきた惺。

啓はそれに、やはり目を合わせづらいまま、ぼそぼそと応じた。

「……おはよう。あれ、やっぱり、本当なんだ」

「うん、本当だよ。現実なんだ。残念ながら」

気の毒げに惺が言い、啓は少し気落ちする。

「本当に残念だよ。僕は、きっとここに確認に来る人が誰かいるだろうと思って、何かアドバイスとかできるかもしれないと思って、待ってたんだ」

「そっか。そういうとこ、変わってないんだな」

こういう驚くほど気を回す性格は、啓を無視し始める前の惺と、少しも変わりなかった。

「…………」

そして沈黙。

あの時は異常事態だったからこそまだ話ができたが、こうして落ち着いた場所で顔を合わせると、一年間の突然の断絶が生んでしまったわだかまりが、改めて二人の口を重くした。

気まずさ。しかしそれは、歩み寄りの気まずさでもあった。

だが、それを理解して言語化できるほどの人生経験もなく、二人はしばし、向かい合って沈黙する。

ただそれでも、それまでに積み重ねた年月は、確かで。

二人は、断絶に隔てられたかつての関係を、沈黙の中で、静かに砂を掬うように、取り戻そうとしていた。

「君はすごいんだね」

二年生の時、とある大きなコンクールに応募した啓の絵が最優秀の賞を獲り、その絵が立派に額装されて学校に届けられ、学校の玄関を入ってすぐの壁に飾られた。

額に入った絵と、賞と啓の名前が刻印された金色のプレート。通っていた絵の教室で、そのアトリエにあった緻密な柄の壁のある風景を描いたものを、コンクールへ応募しないかと言われてそのまま承諾しただけだった啓は、絵が額装されることも、学校に送られることも、それが飾られたこともクラスの朝の会で先生に発表されるまで知らなかったので、さすがに驚いて玄関へと確認しに行った。

そして、そこで当時同じクラスだった惺が声をかけてきたのが、啓と惺との関わりの、一番最初だった。

そのとき啓は、曖昧な返事をしたのを憶えている。惺は分かりやすく目立つリーダーだったので、それとは反対に一人でいることが好きだった啓は、惺という個人に対して特に悪意はないものの、何となく苦手意識があったからだ。

「好きな画家とかいる？　僕も絵は結構好きなんだ」

惺は、警戒する啓に、そんな質問をしてきた。啓は、「あ、来たな」と思った。ありがちなリーダーからの、その時点でたまたま目立ってしまった人間への、フレンドシップの強要かと思ったのだ。

それにその質問は、大人からも訊かれることがよくある質問だった。

しかしそれに良い記憶があまりなかった。啓が絵が好きで、美術館に行くのが好きだと知ると、大人は割と軽率にその質問をするのだが、それに正直に答えると相手の全く知らない画家の名前ばかりで、それで話が途切れたり、流されたり、となって、少し気まずい空気になることが、よくあったのだ。

それでも啓は、こと絵画に関しては、嘘や誤魔化しなどできなかった。

だからここでも、いつもの気まずい展開を半ば予想しながら、啓は自分が一番好きな画家の名前を、そのまま真っ直ぐに答えた。

「……オディロン・ルドン」

「へえ！　そうなんだ、それは意外だな」

だが、小学二年生にすぎない惺は、意外にもその回答について来た。

「君の絵は離れて見たら写真みたいに見えるし、光の表現がすごい感じだから、全然ルドンってイメージじゃなかったよ」

「……！」

啓が、最初に惺への認識を改めたのは、この時だった。

緒方惺という少年は、歳に似合わず、芸術全般に造詣を持っていた。

言わずとも裕福な家の育ちであることが滲み出ていて、音楽、古典芸能なども一通り履修していたらしかったが、中でも絵は好きなようで、知識があるだけでなく、自分でも熱心に描いた時期があったという話だった。

初耳だった。小学生となると、クラスメイトがそれぞれ何が好きとか得意とか、そういったものは割とすぐに知れ渡る。だが、これだけ目立つ中心人物である惺が絵を好むなど、クラスメイトの誰も、たぶん全く知らなかった。

「描くのは下手なんだよ。実は不器用で、どうしても上手くならなかったから、好きだって言うのは恥ずかしいんだ」

隠しているのだという。

「だから、誰かに言うのはこれが初めてだよ。だって、言ったって、絵画の話ができる小学生なんて、ほとんどいないし。話しても誰も知らないなら、知識自慢にしかならないし、それで描いたら下手とか、さすがに恥ずかしいしね」

確かにそうかもしれない。それに少なくとも啓も、わざわざ絵画の知識を自分から、何も知らないクラスメイトに開陳しようとは思わない。

ルドン。ウォーターホール。ベラスケス。ロイスダール。

大人でも通じないことが多い、これら好きな画家の名前が、全部きちんと通じたのも、惺が初めてだ。

「いやあ、嬉しいな。ちゃんと話せる同級生に会えるなんて思わなかった」

その点は、啓も完全に同意する。

だが、

「ずっと秘密にしてたんだよ。他の子と仲良くするっていうだけなら、スポーツでも何でも他の話題なんかいくらでもあるんだから。そんなののためにわざわざ、自分にとって大切な、柔らかい部分を使う必要はないよね」

その大切なものを、『好き』とか『得意』とかいう次元の低いものとして周りに見せることで、辛うじて人間関係の取っ掛かりにしている啓からすると、全く同意できないことをさらりと言って、惺は嫌味なく笑うのだった。

とにかく惺という人間は、恵まれた人間だった。

生まれ、育ち、容姿、身体、知性、人格、社交性、その他たくさん。

「僕が恵まれてるのは認める。でも明らかに小学生離れしてる、こんな絵が描ける君の方が絶対に貴重だし、僕は羨ましいな」

だが、そんなことをを指摘するのが野暮に思えるくらい、惺という人間は真っ直ぐに人を褒め、尊敬し、憧憬する人間だった。そしてそんな惺と話をするうちに、すぐに啓も、気がつくことになった。

「恵まれてる人間が、みんな尊敬されなきゃいけないわけじゃない」

この、惺という人間を見る限り。

「でも、君みたいに努力して何かを積み上げてる人間は、尊敬されなきゃいけない。絶対に報われなきゃいけないんだ」

人を尊敬する人間は、人からも尊敬される人間なんだ、と。

もちろん、ほどなくして啓も、そうなった。そして、その繋がりが本当は何であるのか、どれほどのものなのか、当の二人以外は誰も知らない強い友情は、それから約三年間、五年生になった時に唐突に断ち切られるまで、ずっと続いていたのだった。

そして。

「……惺」

啓は。

だから。

この日、薄暗い『開かずの間』の扉の前で、そのすっかり壊れていた友情と、もう一度手を取ることに決めた。

「わかった。もう一回、君を信じることにする」

「！　本当か⁉」

ぱっ、と惺が、驚いた顔で顔を上げる。

「だから、聞かせてくれ。後で、全部」

「うん、わかった。絶対――そうするよ」

その言葉に、惺は神妙な顔で頷いた。

それが、子供の甘い人間関係で、甘い許しで、甘い約束なのは、間違いなかった。

だが啓も惺も、その事実を少しは理解できている程度には聡明な子供で、理解できてしまう程度には子供のままではなかった。

それでも、啓は今ここで、子供の仲直りをすることを決めた。

啓にとって、惺とのかつての友情は、それくらい――突然の裏切りと、その後の一年もの無視と、この奇妙な仲直りのきっかけを呑み込んでも良いと思うくらいには――重く、そして、価値のあるものだったのだ。

2

中にいる個人にどんなことがあっても、学校生活は、普通に過ぎる。

時々、あの『ほうかご』の光景が脳裏をよぎるが、だからといって、昼の学校で何かが起こるわけでもない。

学校生活は、何も変わらない。

いつも通りだ。ただ少しの違いがあるとすれば、こうして学校で過ごしていると、今まで気にもしなかった人間が、妙に目にとまることだ。

そして時には、目が合う。

あの『ほうかご』に、『開かずの間』で顔を合わせた『ほうかごがかり』の面々は、やりとりこそないものの、やはり互いに気になりながら、学校での時間を過ごしていた。

ふと互いが目に入り、目が合う。

容姿も服装もひときわ大人っぽく背も高い見上真絢は、『ほうかご』では一度も見ていない華のような笑顔を見せる、最初から目立っている存在だったが、目が合ったことなどなかったのに、その彼女と、今は目が合う。

やや褐色がかった肌色の瀬戸イルマは、だからといって今まで気に留めたことはなかったのだが、彼女が着ている少し変わった、全体がてるてる坊主のデザインをしたフードつきパーカーには見覚えがあって、二者が頭の中で合致した。

小嶋留希は、学年が違う上にイルマほどの特徴がないので今まで特に認識していなかったのだが、一度対面し、しかも彼が男の子であることを知ると、容姿も髪形も服装も一見では女の子だと思ってしまう中性的な見た目が、妙に目に留まるようになった。

そして——

「あ」

啓は、廊下でその少女の姿を見つけ、思わず声を漏らした。

今までなら、間違いなく風景の一つとして見過ごしていたはず。他の『かかり』と比べると容姿も服装も平凡で、辛うじて『かかり』だからこそ目についた彼女——堂島菊は、休み時間中の廊下の真ん中の、何もない場所につまづいて、転んだ。

「！」

べしゃ、とほとんど声もなく、不格好に転んだ後、菊は身を起こし、素朴な顔にきょとんとした表情を浮かべて足元を確認する。大したことはなさそうで、もし知らない相手だったならば、啓はここでもう興味を持つことなく、通り過ぎていたはずだった。

周りに何人かいた子供たちも、菊が転んだ瞬間は目を向けたものの、起き上がった後は気にするのをやめる。そんな中で、菊は恥ずかしそうに立ち上がると、絆創膏の貼られた膝を絆創膏の貼られた手でぱっぱっと払って、小走りに立ち去った。

思わず目で追うと、菊は階段を登る途中で、今度はつまづいて、手をつく。

あまりにも鈍臭くて、違う意味で目が離せなくなった啓が見送る中、菊は啓の存在には気づかずに、階上へと消えて行った。

……大丈夫か？　あいつ。

そう思いつつ、この時は忘れて。

時間が過ぎ、次に菊の姿を見た時。彼女はまた廊下の真ん中で、何もない場所につまづいて転んでいた。

「！」

昼休みだった。べしゃ、と転倒し、そのあと立ち上がった彼女の膝は、前に見た時よりも絆創膏が一枚増えていた。

……なんなんだ？　あいつは。

啓はそんな感想を浮かべる。同じクラスなのに今まで認識したことがなかったのだが、この子はもしかしてずっとこうなのだろうか？　だとしたら、ドジすぎないだろうか？　と。

大丈夫なのか？　そう思いつつ眺めていると、立ち上がった菊は周りを見回して、自分を注視している人間がいないか、確かめるそぶりをした。そして背後の方にいる啓の存在には気づかずに、その場に立ち止まったまま、自分がつまづいた何もない場所を、少し不満そうに見つめた。

そうしてから――――彼女は不意に、両手の中指と薬指を折り曲げて、めいっぱい広げた人差し指と小指で、歪な四角い窓を作った。そして片目をつむり、その窓越しに、透かすようにして、自分の足元をじっと見やった。

至極、真面目な顔だった。

に見えた。

啓にはそれは、ままならない自分の足をスケッチしてやろうとして、構図を取っているよう

「……それ、絵に描くのか？」

啓は、菊の後ろに立って、訊ねながら、その構図を覗き込んだ。

「ひゃあっ⁉」

突然背後から覗き込まれた菊の悲鳴が耳元で上がったが、啓は構わずに、靴とソックスと絆創膏を貼った足を上から覗き込んでいるその構図を、自分ならどう描こうかとイメージしながら、驚きでひっくり返りそうになった菊の体を背中から支えた。

「確かに白黒にしたら、海外の写真の絵葉書とかにありそうな構図かも」

「えっ⁉　えっ⁉　えっと……！」

「悪い。ちょっとこのまま見せてくれるか？」

自分とほぼ変わらない背丈をした菊の、バランスを崩した体重をついでに支えながら、啓は言う。自分の顔のすぐそばで、菊の顔がどぎまぎと狼狽していたが、啓はただ眉根を寄せて、眼下の画題をしばし睨んだ。

そして、

「よし、ありがとう」

構図に納得する結論を出して、一言お礼を言って、菊を真っ直ぐに立たせる。

「えっ？　えっと、えっと……どう、いたしまして……？　あれ……？」

赤い顔で困惑し、首を傾げながら言う菊。その様子をやはり、少し首を傾げながら見ていた啓だったが、画題について考えることに注力していたので、菊の困惑については深くは考えなかった。

「おまえも、絵を描くのか？」

そして啓は訊ねた。

「えっ、えっと、え……描かないわけじゃ、ないけど……」

「今のやつ、変わった構図の取り方だったけど、あれは？」

「えっ。えっと……え、構図、って……？」

意味が分からないといった様子の菊に、啓は先ほど菊がしていたように、両手の中指と薬指を曲げて腕をひねり、左右の手を裏表にして、小指と人差し指で窓を作った。

「これ」

「そ、それは……！」

瞬間、戸惑って紅潮していた菊の顔が、さっ、と白くなった。

「み、見てたの？」

「見てた」

「あう……それは、あの、構図じゃなくて…………『狐の窓』」

その答えに、今度は啓の方が困惑する番になった。

「狐？」

「うん、狐の、窓。この窓越しに見ると、見えないものが見える。お化けが、見破れる」

「あ、そういうやつ……」

答えを聞いて、啓は絵画の方へとシフトしていた頭から、一気に現実に戻された。いや、正確に言うなら、現実に、と言うよりも、現実ではないものに、戻されたと言った方がいいかもしれない。

この少女は、『ほうかごがかり』の一員なのだと、思い出したのだ。

啓の気分が下がった様子に気がついて、菊の方も「あっ……」という表情をして、下を向いて黙り込んだ。

お腹の前で、絆創膏だらけの両手の指が、気まずそうに組み替えられる。

その様子を、啓も気まずく、しばらく眺めていた。一応啓の方も、勘違いをして菊に話しかけたことを、恥ずかしくも思っていた。

自分の勘違いが、この気まずい空気の始まりであることも。

なので、この沈黙を破るべきなのは自分の方だと考えた啓は、自分でもう一度さっきの狐の窓を作ると、手を伸ばして廊下を透かし見た。

「……僕だと、見えないか」

「あっ、えっと……霊感、とか、修行とか、いるやつだから……」

「そっか」

「昔、江戸時代とかに、狐に化かされた時に見破るためのおまじないで……騙そうとしてくるお化けを見破れることは、普通の人でもあるけど……違うものを見るのは、普通の人だと、たぶん、無理で……」

少し残念に思いつつ、菊のしどろもどろの答えに、啓は頷く。

頷きつつも、菊の言っていることが本当なのか、ただの嘘つきなのか、判らなくなったとも思っていた。これから『ほうかごがかり』として付き合っていかなければならないので、ここで無理に否定するつもりもないが、もしかすると関わり方には気をつけた方がいいかもしれないとも考えていた。

だが、

「あっ、でも、こうすると少し、見えるかも……」

菊はそう言うと、きゅっ、と急に隣に身を寄せて、啓の両手を取った。そして、その時、最初の手本通りの『狐の窓』から何度か形を変えて、普通に絵を描く時の四角を作っていた啓の手に、菊は自分の手で作った『狐の窓』を被せるようにして重ねた。

「えっと、これ……」

それを言われるままに覗いた、啓は。

そこに、あるはずのない真っ赤なハイヒールを履いた足を見て―――

思わず息を呑んで、同時にたったいま考えていた疑念の全てが吹き飛んで。
自分の置かれてしまった『ほうかごがかり』という異常な事態の現実感が改めて身に染みて、
背筋に寒いものが駆け上がるのを感じていた。

「…………！」

3

カァ―――――ン、
コ―――――――ン！

金曜日。深夜十二時十二分十二秒に鳴り出した音割れのするチャイムを浴び、そして『かかり』を呼び出すノイズまみれの放送を聞きながら、啓は音で引き起こされる頭痛と眩暈に顔をしかめつつ、勝手に開いた部屋の襖から〝学校〟へと足を踏み入れた。

今日はパジャマではない。いつものキャップを被り、やはりいつも着ているストリート寄りの私服を着ている。そして背中に、これも古着屋で買って長く使っている、中に画材が詰め込まれ、表面が油絵具の汚れで覆われた、頑丈さばかりが取り柄の、帆布製のリュックサックを背負っていた。

小脇には、大きなスケッチブック。

それは完全に、啓が休日に、外に絵を描きに出かける時の装備だった。

一つ違うのは、上着のポケットに突っ込まれた、大振りのパレットナイフ。固まった油絵具をパレットから削り落とす専用のナイフだが、以前に絵画教室の大人から貰ったものの、ほぼ使うことがなく、画材入れの底に入れられたままになっていたそれを、武器がわりにして携えていることだった。

そして――

「……みんな、『かかりのしおり』は読んでくれた？」

スコップを傍らに立てかけた惺が、『開かずの間』の黒板の前に立ち、集まったみんなに向かって言う。

並んでいるのは制服を着た一同。全員だ。もちろん啓もだ。

襖をくぐって『ほうかご』の学校に入った途端、一瞬の強い眩暈の後で気がつくと、啓は元の普段着ではなく制服を身につけていたのだ。ただ、服以外のものは変化がなかった。制服の上に汚れたリュックサックを背負い、パレットナイフも制服のポケットに入っていて、前回説明を受けた通り、私物を持ち込むことに成功していた。

啓だけではない。今回はみんな、それぞれ自分のバッグなどを持ち込んでいた。

みんな普段の持ち物であろうバッグを持っている。中でもイルマは、制服の上からいつも着ているトレードマークのてるてる坊主のフードがついたパーカーを着ていて、帽子も変わってしまった啓からすると、少し驚きだった。

見た目では分からないが、みんな筆記用具や、それから〝武器代わりの何か〟も持っているのかもしれない。啓がパレットナイフを持ち込んだように。これらを持ってくるように、前回に惺から説明を受けたが、口頭だけではない。それらの推奨される持ち物はちゃんと『かかりのしおり』にも書いてあった。

啓も、一応目を通していた。

学校がらみで『しおり』と言われると、遠足や旅行が連想されて、どこか浮ついたイメージを思い浮かべてしまう。だがこの『かかりのしおり』は実際に読んでみると、その中身は徹頭徹尾、『かかり』として必要な心構えと準備、それから『無名不思議』の記録を作るための管理マニュアルと言えるものだった。

手書きをコピーしたものであることだけが、唯一『しおり』っぽいと言える。

ただそれも、神経質な文字で几帳面に書かれていて、イラストはもちろん図の一つも入っておらず、二枚の紙を折っただけで、あまりにも素っ気なく、書いた人間の人間性が如実に表れていた。

「じゃあ先生。激励をお願いします」

「それは僕の仕事じゃないね」

惺の音頭に、その書いた人間である『太郎さん』が、部屋の奥の机に座って、背を向けたまま振り向きもせずに言う。

「僕の仕事は説明と助言。『しおり』で分からなかったことがあるなら聞いて。そうじゃないなら話しかけなくていいよ」

「先生」

一週間ぶりに見た二度目の『太郎さん』は、最初の時に見せていた最低限の対話の姿勢も放り投げ、話しかけてくる子供に適当な返事を返す仕事中の大人のように、本や日誌らしきものに目を通しながら書き物を続けていた。

「ねえ」

手が挙がった。

真絢だった。漏れ聞く話によると、キッズモデルもしているという真絢は、普段学校で着ている私服もファッション誌に載っていそうなものだったが、この『ほうかご』ではみんなと同じ制服姿だった。

だが同じようなものを着ているのに、容姿とスタイルが違いすぎて、別物に見える。そして真絢は、昼に見せているような笑顔がなく、それどころか昼には見たことのない冷たい無表情を浮かべていて、まるで別人のように見えた。

「質問ならいいの？」

真絢は、その無表情に相応しい平坦な調子で、発言した。

「どうぞ」

「じゃあ質問。あなた、ずっとそこにいるの？」

「それ『かかりのしごと』に関係ある？」

振り返った『太郎さん』の横顔は、露骨に嫌そうなものだった。

「質問ならいいって言ったじゃない」

「……」

それに対する、美人だからこそ、なお底冷えする物言いの、真絢の返答。少しのあいだ、二人は無言の睨み合いのような空気になったが、すぐに『太郎さん』は溜息をつくと、渋々という様子で目線を元に戻した。

「……………そうだよ。ここにずっといる」

そして答えた。

「僕は『無名不思議』に捕まって、この『ほうかご』から出られなくなった。それから何年もこうしてる。キミも、できるなら真面目にやった方がいいよ。そうしないと、キミもこんな風になるかもしれないんだからね」

ふん、と腕組みして、仕返しめいた言い方の忠告。その言葉に、啓を含むほとんどの人間が思わず顔をこわばらせたが、当の真絢は「そ」と冷たく言っただけで、後は興味なさそうに視線をよそにやった。

友好的とは到底言えない皮切りだったが、それでも質問ができる空気の呼び水にはなったようで、今度はおずおずと留希が手を挙げた。

「あの」

私服が中性的で可愛らしい留希は、やはり可愛らしい薄型の肩かけ鞄を下げていたが、その手には彼の警戒心を象徴するかのように、元は中に入れていただろう大型のマイナスドライバーが武器がわりとして握りしめられていた。

「ぼくも、質問いいですか」

「……どうぞ」

面倒くさそうではあったが、しかし律儀に返事をする『太郎さん』。

留希は質問する。

「なんで、ぼくが、こんな『かかり』なんかに、選ばれたんですか？」

声が、少し震えていた。

「化け物の管理なんて、ぼくに、できるわけない……」

その質問と意見は、もっともなものだとしか言いようがなかった。近くに立っているイルマも賛同して頷いていたが、それに対する答えは、簡潔にして理不尽だった。

「わからないね」

きっぱりと言う『太郎さん』。

「選ばれる理由があるなら、僕も知りたい。僕がこんな目にあってる理由があるんなら、ぜひ知りたいよ」

言って背中を向けたまま、お手上げだとばかりに、両手を広げて見せた。自分の置かれた状況の理由もわからない、つまり逃れる方法もわからない理不尽に、留希はあからさまにショックを受けた様子だった。

「そんな……」

「ただまあ、こうやって何人も『かかり』を見てきて、選ばれる人間の傾向みたいなものを感じることはあるけどね」

だが一度は突き放したものの、その後で少し考える様子で頬杖をついて、『太郎さん』は付け加える。

「ここに来る子には、こんな感じの子が多い、みたいなのは一応、僕の中にある」

それを聞いたイルマが、身を乗り出して訊ねた。

「ど、どんな子？」

「えーとだな、まず『内向的な子供』が多い。空想的、自省的、分析的、哲学的みたいな、そういった感じの言葉が当てはまる、自分の内面を掘り下げて言葉にできる子供だ。

次に『特別な子供』が多い。特別な生まれ、育ち、能力、性格や気質。とにかく何かが普通の枠には収まらない、特別な、それか変わった子供が、よく選ばれてここに来る。

後は『はずれもの』。子供の群れの中に入れなかったり、追い出されたり、とにかく群れの中にいない子供。あと最後に、『子供でいられなかった子供』。家族とか、交友関係とか、理由は色々だけど、子供なのに子供じゃない、大人か他の何かになってたり、ならされたり、なるしかなかったり、そうなりかけてる子供」

そして、

右手で頬杖をついたまま、残った左手で指折り数えながら『太郎さん』。

「つまり――――僕だ。それから、心当たりのあるキミたちだ」

そう言った。

しばしの沈黙が、『開かずの間』に落ちた。

みんながそれぞれ、今ここにいる面々と、それから自分とを、今の言葉と当てはまるのかどうか想像していた。

啓も考える。少なくとも、惺が特別な子供であることは、啓にとって明らかだ。見る限りおそらくは真絢も。他はどう当てはまるのか判らないが、それでも内向的というのは自分も含めて、見ていて確かにそんな気がしなくもない。

そして――自分は。

「…………」

みんながそれぞれ似たようなことを考えて、沈黙していた。

だがそうしていると、『太郎さん』は、自分の言葉を放り捨てるようにして、指折り数えていた手をぱっと開く。

「ま、そうは言ったけど、本当はどうだかわからない。ただの感想だよ」

言って、その開いた手を、ひらひらと振って見せた。

「だから、時間の無駄だから、こんなの真面目に考えるのはやめな。だいたい、よく考えてみなよ。『かかり』に選ばれる理由どころか、誰が選んでるのかもわからないんだよ？　いったい誰がどうやって『かかり』を選んで、こんな不思議な力で『ほうかご』に呼び出して、閉じ込めてるんだと思う？」

「！」

言われてみるとそうだった。誰にもそんな発想はなかった。

そんな根源的な部分の異常を指摘されて、思わずみんな、自分のいる『ほうかご』の学校を見た。今いる『開かずの間』を。その入口から見えている、異常に暗い、学校の廊下を。そして、そこに縛られている『太郎さん』を。みんな思わず、仄暗い、畏怖のような、冷え冷えとした感情と共に見回した。

「こんなことができるのは、いったい誰なんだろうな？」

沈黙。

「『無名不思議』？　学校そのもの？　校長先生？　もしかして、神様とか？」

「…………」

「まあ、誰でもいいんだけど、僕らをこんな目にあわせてるのが誰なのか、みたいな最初の部分からもうわからないんだから、キミらが選ばれた理由なんか、考えるだけ無駄だとしか言えないよね」

すっかり違うものになった沈黙の中、『太郎さん』は、嘲笑うように言う。

「僕もそんなの考えるのは、ずいぶん前にやめたよ。無駄なことはやめて、大人しく『かかりのしごと』をした方が、ずっとマシだよ」

そして、ははッ、と馬鹿にしたように笑った。

馬鹿にしたような、揶揄しているような。憐れんでいるような、憎んでいるような。あるいは諦めているような、だがそれでいて、それらを何に向けているのかすら、もう自分でも判らなくなっているような。子供の口から出るのにはあまりにもそぐわない、ひどく乾いた笑いだ。

「まあ、僕をこんな目にあわせてるのが誰なのかは、まだ知りたいけどね」

そんな笑いの後で、彼はそう付け加えた。

「もしいるのが分かったら――文句を言ってやりたいからね」

ぎし、と微かに鳴った音は、彼が姿勢を変えたことで椅子が立てた音。

だがしかし、それは啓たちの耳には、彼の奥歯が立てた歯軋りの音が混じっているかのように、どことなく聞こえたのだった。

「……」

4

段差のある、ドアの敷居をまたいで。

啓は一人、『ほうかご』の屋上に足を踏み入れた。

少し息が上がっていた。それは啓が、ここまで階段を登ってきたからだ。だが、あの放送室と繋がっているスピーカーから絶えず聞こえるノイズと、何が潜んでいるのか分からない校内と、薄暗く点滅する廊下の明かりと、それによって作られたそこらじゅうの暗がりが、精神を削り続けていることも無関係ではないはずだった。

さらに、屋上に向かっているという、それ自体が啓にとって、精神的重圧だ。

そこには『無名不思議』がいる。自分がこれから直面しなければならない、得体の知れない存在がいる。

そして、それだけではない。向かっている『ほうかご』の屋上は、ただ単純に、あまりにも暗いのだ。校舎の中は弱々しいながらも電灯に照らされているが、その人工の光の連なりは、屋上の入口を最後に途絶えてしまう。そしてその先は、一面の空から垂れ込めて、学校を包囲している、無限とも思える暗闇が剝き出しになっているのだ。

啓は、暗闇が怖かった。

恐怖症だと言うと大袈裟になる気がする。だがとにかく、少しでも明かりがあるなら充分に耐えられるのだが、全くの暗闇は、怖いのだ。

完全な暗闇。

完全な、一切の光がない本物の暗闇を見たことがある人間は、どれほどいるだろうか？

そして、その暗闇の中に、たった一人で取り残されたという経験がある子供が、今の世の中に、どれほどいるものだろうか？

啓はある。何度もある。

父親のせいだった。あの父親は、かつて幼い啓を連れ出しては、何度もそういう場所に置き去りにしたり、閉じ込めたりしていたのだ。


「…………」


啓は、そんな記憶を思い出させる暗闇が落ちている屋上に、立った。

ざり、と靴底が校舎内とは別のざらついた音をたて、風が肌を撫で、視界が拓ける。しかし彼方へと拓けているはずの、屋上を囲んでいるフェンスの向こう側は、ただ塗りつぶされた闇ばかりで、視界が拓けたという実感だけを啓の体感に残しておきながら、その目には何も映しはしなかった。

黒だ。

黒い。

ただただ黒い。ぼお、と啓の頭上に灯る、最後の電灯が辛うじて屋上を照らしているが、その光は広い屋上の半ばに達する前に力尽きていて、後の残りは完全に闇に沈んで、ここからは見通すことができなかった。

無限の空から、無限の質量をもって魂を押し潰そうと押し寄せてくる膨大な暗闇に、心の底から気圧された。

見ているだけで魂も身体も吸い込まれてしまいそうな膨大な虚ろに、まだ明かりの下から見ているだけなのにもかかわらず、心の底から、まるで心の底の澱をかき混ぜるように、不安をかき立てられた。

「ふーっ……ふーっ……」

啓は、聞こえる自分の呼吸を、努力して落ち着け、整える。

電灯からの光に、辛うじて半円状に照らされているコンクリートの床だけが見える、そんなざらついて無機質な、虚ろな空間と、対峙する。

そしてその暗闇に。照らされている空間の辺縁に。

辛うじて届いている光と、接した暗闇の狭間に、

――――じわり、

と闇に混じって。
辛うじて人の形をした、もやのような、赤い影が立った。

…………………………

†

『日付』　4月28日
『担当する人の名前』　二森啓
『いる場所』　屋上
『無名不思議の名前』　まっかっかさん
『危険度』　2（怖さを感じる）

『見た目の様子』赤い人影。暗闇と混ざってはっきり見えない。かすんで見づらい。

『その他の様子』明るいところに入ってこなかった。

『前回から変わったところ』なし。

『考察／その他』人影だけど、歪んでいて、怖い。

†

その赤い人影は、静止しながらも、ゆらゆらと揺れていた。

輪郭が、もやのように定かではない。そして、啓と同じくらいの子供の形をしていることが辛うじて分かるのだが、それをよく見ようと凝視すると、その形が蠟燭の火のように絶え間なく揺らいでいて、全身の形がぐじゃぐじゃと、激しく歪み続けているのだ。

ぼんやりと届く光に、ぼんやりと照らし出されて、その姿を半ば以上暗闇に溶け込ませながら、絶えず変形している人体がそこにいる。しかもそれは、ただ真っ直ぐ立っていて、身動きしていないことが、なぜだかわかる。

それは、ただ立っている。

赤い靴を履いている足が、コンクリートの床に固定されているように、全く動かない。

そして身体もそのはずなのだが、見れば見るほどその目には、ただそこに直立しているだけの足首より上が、ひたすらぼやけ、揺らぎ、歪み続けているように映っている。そしてその矛盾がどういうわけだか、直感で認識できるのだ。

ノイズで歪み続けるモニターの画面から、赤い人間を抜き出して目の前の景色に嵌め込んだかのように、異常をきたした人間の映像が、そこに立っていた。

それはただ静かに立っているだけなのに、明らかにそうだと判るのに、よく見ようとすると網膜に映るそれは、ぼやけ、揺らぎ、ちらつき、歪み、悶え、叫び、苦悶しているように、どうしても見える。

音もなく、ぐじゃぐじゃぐじゃと歪み続けるそれが、見ている脳をかき乱す。

ちりちりと、精神が、正気が、乱される。その姿が、目から入って脳を引っかき続け、だんだんと息が詰まって、じわじわと冷たい汗が流れ始める。

…………

……………………

†

啓の初めての『かかりのしごと』は、思っていたよりも、無事に終わった。

初日の『しごと』は、事前に不安に思っていたほどの異常や危険もなく、屋上で自分の担当する『まっかっかさん』と思われる『何か』と対峙して、観察し、そのまま四時四四分四四秒のチャイムを迎えて、終了した。

もちろん全く平気だったわけではない。目を覚ました時には、あまりにも心身が疲弊していて、しばらく布団の上で身動きができなかった。対峙している間は息が詰まるくらい怖かったし、いつ何が起こるか、何をされるかも判らない、全く得体の知れない存在を間近で見続ける行為はとてつもなく恐ろしく、緊張し、疲弊するものだった。

だがそれでも。それは、想像した最悪とは、程遠いものだった。

いったい何をさせられるのか、何が起こるのか、具体的には全く分からなかった『かかりのしごと』の内容。それが想像よりもマシな形で知れて。目を覚ました時には悪夢から目を覚ましたのと同じような激しい疲労と、やはり悪夢から目を覚ましたのと同じような安堵を、同時に感じていた。

よくよく考えれば、『しごと』の内容として聞かされたのは、観察して記録することと、完全な記録を作れば早く解放されるという話だった。そして、小学校の卒業と共に『かかり』からはお役御免になるという話で、つまりまとめると、怖くても我慢をして真面目にやれば、何事もなく一年で終わることができる可能性が高いのだった。

現に、これも冷静に考えれば、惺と菊という二人の人間が、すでに五年生の時から一年間を務めて無事にいる。

なのに、過度に危険だと思い込んでいた。思えば、どうしてそこまで危険と思い込んでいたのかとなると、初めて異常現象に巻き込まれたパニックと、それから『ほうかご』の雰囲気に呑まれていたとしか、言いようがなかった。

とにかく、あの『ほうかご』の学校は、異常に不気味なのだ。

暗さが、明るさが、静寂が、ノイズが、形のあるものが、形のないものが、その校舎から空気に至るまでのあらゆるものが、中にいる人間の精神を脅かす。

昼間には見慣れているはずの学校なのに、いや、だからこそだろうか、怖い。

ただ中にいるだけで精神が削られている気がする。削られて削られて、そうして剝き出しになった心の神経に、見えるものが、聞こえるものが、五感で感じるあらゆるものが、ザワザワと触ってくる。いや、障ってくる。

・『ほうかご』には、心をどうにかしてくるものがいる。

思い出すのは、『かかりのしおり』にあった、そんな一節だ。

思えば、だいたい同じことを、惺も初日に言っていた。その対抗策として剣の切っ先のように尖らせた、左手薬指の爪を見せながら。

あれが、そういうことなのかと。

だが、だとしたら――――耐えられないほどではない。啓があんな理不尽な『しごと』に、逃げも逆らいもせずに向かったのは、立ち向かうためだった。素直だからでも、自我が薄いわけでも、流されるだけの子供だからでもない。理不尽に立ち向かうためだった。

啓は、理不尽が嫌いだ。

啓の物心つく前後までの人生は、父親という理不尽に振り回され、蹂躙され、脅かされるばかりのものだった。

今も、その余波に苦労する生活が続いている。

だから啓は理不尽が嫌いだ。理不尽に抵抗する。従わない。負けない。負けたくない。ただ短絡的に反抗することや、逃げることはしない。それらは負けのうちだと思っていた。それらは心が負けているのだ。

子供に過ぎない啓は、肉体的にも経済的にも社会的にも、弱い。

弱かったし、今も弱い。だからそんな啓が守れるのは、いつだって心しかなかった。

啓は立ち向かう。自分を取り巻く理不尽に。心だけで。

それだけしかないから。だから、その相手が現実離れした異常な現象だったとしても、突き詰めると、変わりがなかった。

また、新しい理不尽がやってきた。それだけ。

だから逃げない。立ち向かう。耐えられる。克服する。多分できる。

啓は、『かかり』として戦う覚悟を決めつつあった。

気がかりがあるとすれば——一つ。

母親の、ことだけだ。


「……あら、手、どうかした？」


左手の爪を見ながらふと物思いに沈み、薬指の爪を手のひらに突き刺すイメージで何度か握り込んでいた啓に、昼食の配膳にやってきた母親の恵が、野菜を盛ったインスタントラーメンの丼を手に、不審そうに訊ねた。

日曜日の食卓。遅い時間に起きてきた母が昼食を作り、「もうすぐできるから座って」と言われて席についていた啓は、そんな母の問いに、左手を膝の上にさっと戻して、知らない顔をして答えた。

「なんでもない」

「そう……なんでもないならいいけど、もし痛かったり調子悪かったりするなら、ちゃんと我慢しないで言ってよ？」

啓の答えに、恵はとりあえずといった様子で追及はせず、注意する。

「啓はなんでも我慢しがちだから。心配だから」

「うん、わかってる」

そう答える啓。分かっているのは本当だ。ただ、だからといって母親の心配のもとになりそうなことを隠すのを、自分がやめることができないのも、啓は分かっていた。

そして向かい合って、昼食をとる。食べながら、学校や生活のことなどについて、恵が質問し、それに半分以上「大丈夫」と啓は答える。

「このあと、啓はどうするの？」

「絵を描きに、外に行こうかと思ってる」

そして、これからの予定の話。今日は貴重な恵の休みの日で、働き詰めで疲れて昼近くまで寝ていた恵は、これから溜まった家事を片付ける。啓はそれの邪魔をしないように、自分の予定を告げる。

「そう。気をつけてね」

「うん」

啓が、手のかからない子供でなければ、今の生活は回らない。

母と話すことも、ほとんど生活についての、実際的な話ばかりになっている。

離婚前は、もっと恵も余裕があって、ユーモアもあって、たくさん趣味や興味もあって、生活から離れた色々な話をしていた。冗談もたくさん言っていた。以前の恵はもっと生き生きとして若々しかったが、余裕のない生活が、それらを奪い取った。

「いつもごめんね」

恵は、そう言って微笑んだ。

笑顔だけが、かつての明るかった母の面影を残していた。

それは、かつての輝いていた母の、残骸。

啓を理不尽から救うために、全てが失われた、その残骸。だからもうこれ以上、啓は母親から、何かを奪うつもりはなかった。


啓には夢がある。

できるだけ早く絵で身を立てて、母さんの生活を楽にするという、夢。


自分という負担から、母を解放したい。

それまで、できるだけ、母の重荷にならない。できるだけ、自分のことで煩わせない。

啓の思考の最優先は、今までもこれからも、常にそこへ向かっていた。

啓の問題は、啓だけで耐え、啓だけで解決する。

ずっと、そうしてきた。そうしなければならなかった。

そうでなければ、この生活が維持できなければ、負けなのだ。啓が、そして、啓を救うために戦ってきた母が、あの男に負けたことになるのだ。

だから啓は――『ほうかごがかり』のことも、話すつもりはなかった。

この生活を、母が勝ち取った、せめてもの平穏を、維持するため、守るために。

何事もないように過ごす。母に気づかれないように。そう決めていた。啓は目の前に座る母とは目を合わせず、しかしその存在は確かに感じながら、心の中だけで密かに、覚悟と決心を固めていた。

週に一度、『かかりのしごと』に臨む。

泣きも叫びも、逃げも暴れもせず、週に一度、何食わぬ顔で耐える。

前回の『ほうかご』に、それができそうだと確かめた。全部隠し通す。そう啓は心の中で改めて決心し、その決心をお母さんから隠すように、ぐっ、と丼を顔まで持ち上げて、中のスープを飲み干して――

「ごちそうさま」

丼を置いて、顔を上げた。

ぐじゃ、

と輪郭の崩れた赤い子供の影が、お母さんの背後に立っていた。

「……啓。それが『無名不思議』を担当する、ってことなんだ」

5

月曜日の朝。

登校した啓が、真っ先に惺を探して話をしようと近寄ると、啓の顔を見て半ば察したらしい惺が「聞かれない場所に行こうか」と促した。

そして他に誰も聞く人がいない場所――『開かずの間』の前で、『まっかっかさん』が、昼間の家に現れたという啓の訴えを聞いた後。惺が同情と共に返してきた端的な答えが、それだった。

「『無名不思議』は『かかり』についてくる。僕らを〝最初のエピソード〟にして、怪談として完成しようとするんだ」

啓が見たものが、いったいどういうことなのかを、惺は説明した。

「あいつらは生まれたばかりの『学校の怪談』なんだ。生まれたばかりだから、まだ『怪談』として完成してない」

そして惺は一本の指を立てて、問題を出す。

「啓、『怪談』が完成するためには、何が必要だと思う？」

普段の、今までの啓ならば、答えられなかったに違いなかった。

だが今の啓は、その答えが、はっきり分かった。

「……登場人物」

「そういうこと」

その答えに頷く惺。啓は『かかりのしおり』に書いてあった、いくつかの意味の分からない項目のうちの、一つを思い浮かべていた。

・自分が怪談の登場人物であるという自覚をする。

その一文。

最初に読んだ時には、そのくらいの心づもりで用心しろ、程度の意味かと思って読み流した部分だったが、それが今ここで、急激に具体的な意味を帯びた。

「『怪談』は、こういう怖いことがあった、という話だから、つまり『最初にそれを怖がった人の話』ってこと」

惺は言った。

「それがないと、あいつらは『怪談』として完成しない。だから完成するために、あいつらは僕らを『それ』にしようとしてくる。

　これは『太郎さん』が言っていた喩えだけど、『ほうかご』の学校は、『無名不思議』が生まれる〝卵〟で、担当がいる『無名不思議』は、卵から孵った〝雛〟なんだそうだ。あいつらは生まれて、卵の中である程度育つと、孵って雛になって、そうすると〝最初の餌〟として僕らが与えられる。あいつらは僕らを食べて、育って、大人になる。それで『どこそこの小学生の誰それを、こんなふうに食べた怪異』として、外の世界に飛び立っていく。

　君にだけは、はっきりと教えておくよ。『ほうかごがかり』は、卒業するか、あいつらが育ち切るまで、あいつらに付きまとわれる」

「……」

　啓はそれを聞いて、昨日までの自分が思っていた覚悟はまだ甘かったことと、それから今の話から想像できる自分の状況が思ったよりも悪かったことを痛感して、きゅっ、と口を引き結んだ。

　そして言った。

「世話係って言ってたけど、そんなの、生贄じゃんか……」

「……まあね」

　啓の感想を、惺は認めた。

「でも希望はある。だから『ほうかごがかり』は、『記録』が重要になる。僕らの被害が少ないうちにあいつらを見極めて、『こういう怪異だ』と僕らの手で完成させてしまうんだ。そうすればあいつらは、もうそれ以上育つことができなくなる」

そう言って惺は、啓を真っ直ぐに見る。

「僕らに付きまとって、僕らの生活の中に現れるあいつらは、『ほうかご』にいるあいつらの影みたいなものらしい」

「……影」

「『ほうかご』のあいつらが本体なんだ。僕らはそれを観察できる。僕らは生贄かもしれないけど、あいつらの寝室に入ることができる人間でもある。僕らはカラヴァッジョの絵の『ホロフェルネスの首を斬るユディト』になれる。だから啓には、希望を失ってほしくない。啓が完全な『記録』を作れることを、僕は心から願ってる」

「…………うん」

惺の激励。啓は頷く。他では通じないだろう喩えだったが、啓と惺の間には通じた。

巨匠カラヴァッジョが描いた聖書のエピソード。侵略者アッシリアの将軍ホロフェルネスのもとに赴き、眠っているホロフェルネスの首を切り落とした、美しい寡婦を描いた生々しい筆致が、二人の脳裏にはありありと浮かんでいた。

暗く血生臭い絵画のイメージは、しかし今の啓には、逆に覚悟の助けになった。

そして前回の『かかり』の時から考えていた、『かかりのしごと』についての一つの心づもりを、啓に完全に決意させた。

「頑張るよ」

啓は、小さく言った。

強い言葉ではないが、明確に芯のある啓の宣言。それを聞いた惺は頼もしそうな、しかし少し複雑そうな笑顔を浮かべて、啓を見た。

「……本当のことを言うと、君にこんな激励はしたくないんだ」

そして言う。

「僕は、君にだけは『かかり』になって欲しくなかった。君の苦労してる境遇を、僕は知ってる。そんな君に、その上にこんな重荷を背負わせるなんて、神様はどうかしてる。本当は、君に立ち向かえなんて言いたくないんだ。でも逃げる方法なんて僕の知る限りでは存在してないし、そうやって君が冷静に覚悟を決めて立ち向かおうとしてる姿勢は、正直に言うと、すごく助かってる」

「助かってる？」

その妙な言い回しが引っかかって、啓は聞き返した。

「僕はさ、『ほうかごがかり』の係長みたいなことを、いま自分からやってる」

惺は答えた。

「それでね、『ほうかごがかり』は、啓だけじゃないってこと」

「……？」

そう言って曖昧に笑う惺に、意味が分からず首を傾げる啓だったが、その微妙な空気の沈黙がしばらく続いた後、不意にその意味が知れた。

「いた！　緒方くん！」

暗い廊下の曲がり角に、息せき切った様子のイルマが、突然現れた。

そして続いて現れる真絢と留希。それぞれの表情は、追い詰められたような、あるいは惺に何かを訴えるか問いただそうかとしているもので――

「まあ、だから、こういうこと」

それは、つい先刻に。

家に『まっかっかさん』が現れたと訴えた時の。啓が浮かべていた表情と、全く同じものに違いないのだった。

†

ふとした時に、『まっかっかさん』が、視野にいる。

下校中、遮断機が下りた踏切で立ち止まった時、線路の向こう側に、

ぐ、じゃ、

と崩れた赤い人影が立っている。
直後に電車が通過して、覆い隠されて見えなくなる。
通り過ぎた後には、赤い人影は消えている。

…………

橋を渡っていると、視界の端に赤い人影がよぎる。
ぎょっ、として振り返ると何もいない。
見えたと思った場所は欄干の外側。
人が立てる場所ではない。

…………

授業中。担任のネチ太郎が説教を始める。

「俺はね、小学校の勉強を教えるのが仕事なの。大人がしゃべってる時に静かにするのは、小学校じゃなくて幼稚園で習うの。お前らを静かにさせるのは俺の給料には入ってないの。わかる？　わかるか？」

延々と続く説教に、みんな下を向いて座っている。

見咎められるとまた説教が長くなるので、誰も余所見などできない。

だが、そうしている啓の、視界の端、窓の外に、

ぐじゃ、

と崩れた赤い顔が張り付いている。

じっ、と教室を、覗き込んでいる。

…………

毎日ではない。不意に、間隙に現れる。

だからこそ、よくない。何より参ったのは、家で母親といる時に、見る。

全体は見たことはない。母の陰、ドアの陰に、一部だけが見える。

だが、そんな時に見る赤い人影は、手を伸ばせば触れてしまえるように近くて――崩れた輪郭の赤いそれがいきなりそんな間近に見えてしまうと、思わず動揺して、母に気づかれそうになる。


…………

†

「……『まっかっかさん』に会うと、死ぬんだっけ？」


金曜日。十二時十二分十二秒。

部屋にチャイムが鳴り響き、『ほうかご』に誘われた啓は、『開かずの間』の準備室で、疲弊の隠し切れない顔でそう質問した。

質問の相手は『太郎さん』。問われた『太郎さん』はそんな啓の質問に対し、相変わらず背中を向けたまま、さらりと即答した。

「都市伝説の『まっかっかさん』は、そうだね」

そして完全に暗記しているのか、本も何も見ずに、すらすらと説明する。

「雨が降る日に、赤い傘、赤い長靴、赤いレインコートの子供が現れる。それを見た人は死んでしまう。ただし、その時に赤いものを何か身につけていると無事にすむ。二〇〇三年頃に報告されたらしい都市伝説だ」

その答えだけなら、ほぼ啓に対する死の宣告のようなものだ。だが『太郎さん』は悪びれることなく続けてこう言った。

「でも君のは『まっかっかさん（仮）』だから、気にしなくていいよ」

ふらふらと、手に持ったペンを振る。

「むしろ気にしない方がいいかもな。聞いた見た目から、僕が仮につけただけの名前なんだから。確かにそのうちそうなってしまうかもしれない。でも、今のところはそうじゃない。とらわれると、本当にそうなるよ」

本人の頭はいいのだろう。正確な、しかし正確かもしれないが相手の感情を考慮しない、むしろ翻弄しようとしているようなその物言いに、啓は自分の父親に通じるものを感じて、質問したことを少し後悔した。

「……で、質問は以上かな？」

そうして始まった、三回目の『ほうかごがかり』。

この一週間の間に、啓だけではなく全員の表情に、疲労の影が落ちていた。

程度の差はもちろんあるが、全員、一週間前よりも明らかに疲弊していた。誰も、あえてこの場で取り立てて言いはしないが、ここにいる全員が、その疲弊の理由を我が身のこととして理解していた。

生活に、『無名不思議』が侵入してきた。

このままでは、普通の生活を続けることができない。

黙り込むみんなに向けて、

「さすがにみんな、『ほうかごがかり』を真面目にやる意味が分かってきただろ」

と『太郎さん』が顧問の先生らしいことを言う。

「だから、前回担当の『しごと』に行かなかった人、『日誌』を提出しなかった人は、今日はちゃんと提出してよね」

「…………」

ただし、嫌味な、嫌な先生。

惺が「先生、もう少し言い方を」と苦い顔で苦言を呈し、今回日誌を提出しなかったイルマが泣きそうな顔でうつむき、その隣で同じく提出しなかった真絢が、にこりともせずに目をそらす。

†

しゃ――――――っ、

というノイズが、薄暗い廊下に、スピーカーから降り注ぐ。

その廊下よりもさらに薄暗い階段を延々と上って、啓は屋上まで、たどり着いた。

開いている屋上の扉をくぐり、ぼお、と白い明かりが照らす、暗闇から切り取られた空間に足を踏み入れる。外の空気と風を感じ、帽子を深く被り直して、啓は足を踏み出して、目の前に広がる暗闇と対峙する。

「…………」

正面の、暗闇の中に、沈むように立っている、赤い歪んだ人影と。

ぐじゃぐじゃと歪み続けるそれは、凝視しているだけで、心が掻き乱される。

胸の底から澱のように、何か叫び出しそうな感情が、ゆらりゆらりと上がってくるのを感じる。今にも叫んで逃げ出したい。そんな思いが湧き上がって、風は冷たいのに、全身に汗が噴き出す。

「……っ」

そんな自分の心の中を、まずは嚙み殺した。

そして啓はまた数歩だけ、圧力に抵抗するように、前に出た。

そうして啓は前に立つと、そこで片手に下げていた水で満たした筆洗のバケツと、背負っていた絵具で汚れた帆布のリュックサックを、コンクリートの床に下ろした。それから小脇に抱えていたスケッチブックの紐を解いて、まるで武器庫の重い扉を開くかのように、まだ何も描いていない真っ白なページを、ゆっくりと開いた。

「…………」

啓は、最初から決めていた。

こうすることを。記録をするのが『かかりのしごと』だという。だとするなら、啓にとって最も情報量を込められる記録は、あんな日誌帳ではなかった。

つまり、

描くのだ。

この『まっかっかさん』を、絵に。

啓はリュックサックの側面ポケットに入れていた、ぱんぱんに膨らんだ布製のペンケースを開くと、濃さの違う鉛筆を何本も取り出して、目の前の『まっかっかさん』を見据えたままスケッチブックを構え、手にした鉛筆のうちの一本を横向きに口にくわえた。

6

四回目の『ほうかごがかり』の、始まりの『かかりの会』。

「……キミは、絵が上手いんだな⁉」

啓の提出した『記録』を見た、いつもは面倒くさそうに喋る『太郎さん』が、珍しく感心した、感情のこもった声を出した。

見ているのはスケッチブック。そこには水彩とそのほかの複数の画材で彩色された、夜の学校の屋上を入口から見た絵が描かれていた。夜の屋上なので、画面の大半が真っ暗闇。だがその中に、入口の明かりが、コンクリートの床が、暗闇の中にあるフェンスが、小学生のものとは思えない細密な筆致で書き込まれていたのだ。

床のコンクリートの、フェンスの塗装の、電灯の光の、質感までもが判る。

暗闇は一面の黒だが、しかし単に黒で塗ったのではなく、むしろこれこそが最も緻密に色と筆致を重ねられていて、絵に描かれたコンクリートの床が奥へ奥へと続いていた。それを目で追ってゆくとそのまま意識が彼方の闇に迷い込んで行ってしまいそうな、黒い奈落がありありと紙の上に表現されていた。

だが――――

「ほんとすごいな。これが完成すれば、もしかすると、完璧な記録になるかもね」

「……」

完成すれば。

そう『太郎さん』が言った通り、絵は、まだ未完成だった。

というよりも、まだ肝心なものが、この絵には描かれていなかった。

これほど細かく描かれている絵の中央は、絵を外周から完成させたかのようにすっぽりと抜けていて、白い剝き出しの紙面にただ鉛筆の下書きが、幾重にも描かれては消されている状態だったのだ。

肝心の――『まっかっかさん』が、描かれていない。

描いていない。描けなかったのだ。

輪郭が崩れ、常に歪み続けている、もやのような赤い人影。視認が異常に難しく、よく見ようとするたびに像が焦点を失うそれを、啓はまだどのように描くべきか、決めあぐねていたのだった。

その歪み続ける像の一瞬を切り取って、描き写すことはできる。

啓はそういった一瞬を切り取る感性と、瞬間的な記憶には長けていた。

だが――違う。何度かそうしようともしたが、それを啓の絵描きとしての感覚は納得しなかった。こんなのではこれを描いたことにはならない。背景になる屋上と暗闇の景色は完成させたが、肝心の『まっかっかさん』を、まだ啓は描けなかった。

「…………」

密かに、悔しげに唇を噛む啓をよそに、他のみんながスケッチブックを覗き込んで、絵の出来栄えに感嘆の声を漏らしていた。

「わ」

「すご……」

「キミは初めてのタイプの人材かもな。僕の知ってる限り、絵の上手い奴は、ほとんどここに来たことがない」

　啓の内心の歯噛みと焦りを知る由もなく、『太郎さん』が啓を振り返って言う。

「でも、たまに絵が描ける人間が来ると、そいつが絵入りで作った『記録』は全体的に完成度が高くなってる。そのぶん『無名不思議』も大人しかった。それでもキミほど上手い奴は見たことがないから、これは、もしかするかもな」

　本当に、珍しい激賞。周りのみんなも羨ましそうに啓を見る。

　だが褒められ期待され羨ましがられるほど、啓の表情は険しくならざるを得なかった。

　思わず、口に出していた。

「……でも、ここからは時間がかかると思う」

　みんなの目に耐えかねての、吐露。

「あいつはぼやけてよく見えないし、ずっと歪んでる。どんな風に描けばいいか、まだ決めれてない」

「まあそうだろうね。『無名不思議』は成長して変化する。そんなすぐに完全な『記録』ができるなら、今までたくさんの『かかり』は苦労してない」

　啓の言葉に『太郎さん』も続け、少しだけ周囲の目のプレッシャーが緩んだ。

　そこで不意に、真絢が真顔で言った。

「……ねえ、絵をつければいいなら、写真でよくない？」

みんなが、あっ、という顔で真絢を見た。

それで済むなら、確かに楽だ。だが『太郎さん』は、無慈悲にその案を否定した。

「みんな一回はそれを考えるけど、あんまり上手くいったことはないね」

一蹴する。

「『無名不思議』を写真に撮ろうとすると、ちゃんと映らないか、なぜかシャッターが下りないとかで、どうしても撮れないか、最悪カメラが壊れるんだよね」

「……」

「『ほうかご』に持ち込もうとしたカメラが消えたこともあったかな。まあそれも『記録』のうちだから、壊れたり失くしたりしてもいいなら、撮ってみるのもいいよ」

そう言われて、ほいほい試みることができる小学生はまずいない。小学生にとってカメラが壊れるのは一大事だ。素晴らしいアイデアに盛り上がりかけた空気が完全に白けて、案を出した真絢は、つまらなそうに口をとがらせた。

「ど、どんまい……？」

イルマが、おずおずと真絢の腕に触れて、なだめていた。

留希も隣でその様子を、気遣わしげな表情をして見ていた。

いつの間にか人間関係ができているようだったが、啓はそれらにちゃんとした関心を持つ余裕はなかった。

と水面に、不自然な波紋が広がってゆく。

………………

大きな幹線道路の横断歩道で、信号が変わるのを待っている。
ビュンビュンと大きなトラックが行き交うのを見ている背後で、

ぐじや、

と赤い気配。
激しく歪みながら、じっと後ろに立っている。

………………

「ただいまー」
日曜日。母が買い物から帰ってくる。
いつものように、荷物を受け取りに玄関に出た。

「おかえり……」

ぐじゃ、

と靴（くつ）を脱（ぬ）ぐ母の後ろ。

閉まりつつあるドアの外に、赤い人間が立っている。

…………

部屋の窓の外に、赤い人影（ひとかげ）が立っている。

輪郭（りんかく）を絶えず崩（くず）しながら、赤い人影（ひとかげ）がこっちを見ている。

破いたスケッチブックが散乱する部屋の中に、座り込んでいる自分を見ている。

ぐじゃぐじゃと姿の定まらない、どうやっても描（か）き写すことのできないその姿を晒（さら）して、こちらを、じっ、と凝視（ぎょうし）している。

…………

憔悴してゆく啓に、母がさすがに気づき始めた。

「啓、何か心配事とかあるの？」

「ないよ。大丈夫」

そんなやりとりを、何度かした。

母は疑っているようだが、今までの啓への信頼と、成長しつつある息子との距離の取り方への悩みと、本人の忙しさもあって、それ以上は踏み込んでくることはなかった。啓もそうなるだろうと分かっていたが、それでも限度があると思っていたし、時間の問題になるだろうとも感じていた。

（早く、早く描かないと……！）

焦りがあった。

七回目、八回目の『ほうかごがかり』。それでも描くことができなかった。

最初は啓の絵に驚き、期待し、羨望していたみんなも、そこから啓の絵が全く進まないことで、次第に失望して興味を失っていった。普段なら気にしないだろうそれも、この時だけは、啓の精神を追い詰めた。

いくつもの理由があった。絵による『記録』を選んだこと。

それが啓のアイデンティティと、どうしようもないほど直結していたこと。

啓の生活に『ほうかごがかり』の活動を許容し続けるだけの余裕がなかったこと。

そして『まっかっかさん』の日常の侵蝕が、今期の『ほうかごがかり』七人の中で、突出して早かったこと。

みんなは、こんなにも頻繁に、『無名不思議』に侵入されていない。

これにもまた一つ、理由があった。


「『無名不思議』の『記録』はチキンレースだ。入れ込むほど、理解するほど、奴らの心臓に近づいていく。でもそれは、それだけ奴らの口の奥に入ってる」


そう、『太郎さん』が喩えて言った事情。

啓は『まっかっかさん』に入れ込んでいた。だがそれは生粋の絵描きとして、画題に入れ込み、のめり込むのは、当たり前のことだった。

さらに、啓の固有の性質も絡む。

啓の幼い頃、すでに好んで絵を描いていた啓が、最もたくさん描いた絵があった。

死。

お化け。

それから――父親。

好きだったわけではない。逆だ。啓は幼少の頃から、嫌いなものや恐れているものを執拗に描く奇妙な執着があった。

戦争や災害に遭った子供が、それをことさらに絵に描く心理作用があるという。人間には、そうやって心の傷の克服の一助とする本能がある。啓の場合も、間違いなくそれだった。

絵に天賦の才を持って生まれた啓の、虐待に満たされた生活は、それをあまりにも顕著に発現させた。啓は絵が好きだ。上手く描きたい、美しく描きたいという向上心もある。だが啓が本当に魂を込めて描くものは、そこにはなかった。啓が魂を、情念を込めて描く絵は、啓にとっての恐怖、苦痛、悲しみ、怒り、理不尽、そういったものだけなのだ。

啓は、克服のために描く。

微に入り細を穿ち、自分の地獄を紙面に写し描く。

啓はオディロン・ルドンが好きだ。木炭で暗闇と怪物を描いた画家。

ルドンが描いたのは、自分の心の中の闇だという。孤独と空想と恐怖。啓はそんな心を直接紙面に写し取ったそれらの絵を、自分には描けない領域にあるその絵を、深い共感と羨望の目で見ていた。

誰にも見せていない、母子家庭になった後の啓が描いた、最も魂を込めた絵がある。

それは立派だが何の変哲もない住宅の絵。ただ、じっ、と見ているとだんだん不安になる筆致と色彩で描かれているその家の絵は、表札の部分が塗り潰されていた。塗り潰す前には、そこに母と啓が捨て去った苗字が書かれていた。

『八純』

父親の苗字。それが門柱に刻まれた、かつて住んでいた家の絵は、啓が情念を込めて描き切り、二度と開くことはないスケッチブックに綴じられていた。

それを描いて以降、啓の絵に、情念が込められたことはない。

必要なくなったからだ。だがそんな絵に、啓はいま再び取りかかっている。

啓は——絵を通して、地獄に踏み込む。

生まれついての才を、環境によって、そのように歪められている。

そんな啓は、『まっかっかさん』を前にして、瞬く間に地獄に落ちた。それは『まっかっかさん』を描き切るか、自分が正気を失うか、二つに一つの、剝き出しの魂を奪い合う赤い赤い地獄だった。

みんなの前では、そして、お母さんの前では、平静を取り繕って。

啓は、弱っている姿を人に見せない。取り繕うことに慣れている啓は、誰も気づかないうちに、誰にも気づかせずに、『無名不思議』の腹の中にいた。

絵の進行が、『記録』が、停滞していることも、拍車をかけていた。

そのうち惺が、うっすらと気づいて啓に注意したが、その時にはすでに手遅れだった。

もはや啓は他人の言葉など耳に入らなくなっていたし、ここで絵を進める手を止めれば、緩んだ心が瞬く間に食われるだろう、そんな段階に入っていた。

描けなければ、死ぬ。

魂の殺し合い。

だが、その殺し合いに、啓は敗北しつつあった。

啓は、憧れているルドンではなかった。啓が描けるのは目に見えているものだけ。見えているのに見えない、そんなものは、啓には描くことはできなかったのだ。


「……じゃあ、行ってくる」


九回目の『ほうかごがかり』。

啓は、疲れた表情でそれぞれ別れて担当の場所に向かう一人として、始まりの会が終わるとすぐに、『開かずの間』を後にした。

むしろ、他のみんなよりも優等生の、冷静で意欲的な『かかり』として。

少し『しごと』が停滞していて悩んでいる、そんな真面目だが報われていない『かかり』として――その内側が赤い赤い虚ろになっていることに、誰にも気づかせず、この日も屋上に向かった。

「…………」

一人の少女が。

その様子を、黙って見ていた。

7

啓は、また屋上に立った。

描いた端から破り取って中身のほとんどなくなった元のスケッチブックと、その減ったぶんを挟み込まれてぱんぱんに膨れ上がった習作のスケッチブック。そんな二冊を抱えた啓は、入口を照らす明かりの中に立つと、今日はいつもするようにリュックサックを下ろさず、ただ無言で『まっかっかさん』と相対した。

ぐじゃ。

暗闇の中でぐじゃぐじゃと変わらず蠢く、もやのような赤い人影。

それは見る者の心を粟立たせながら、変わらずに立っている。一瞬ごとに姿と形が歪み、どうやっても姿を捉えられず、描くことができない『それ』。重く虚ろな暗闇に沈んで、その膨大な黒い背景を背負いながら、ちらちらと壊れた画像のようにぶれる子供の形をした影を前にして、啓は明かりの中に立ち尽くしたまま、しばらくのあいだ鉛筆も絵筆も取り出すことなく立っていた。

「…………」

どう見ても、何度見ても。

ずっと同じで、変わらず、また同時に一瞬たりとも同じでなく、常に違う。

これを毎回『日誌』に、言葉にして書く。

『前回から変わったところ』なし。

そう書くしかなかった。だがそれが、きっと間違っているだろうことも、啓はずっと分かっていた。

「……おまえ、なんなんだよ」

ぼそりと口にした。

赤い人影は、暗い蠟燭の火のように、変わらず揺れていた。

もちろん答えはない。分かり切っている。確認しただけだ。啓は一歩前に踏み出す。砂埃だらけのコンクリートが、ざり、と音を立てた。

ただの一歩。

だがその一歩は、今まで啓が『まっかっかさん』相手に、これまで踏み込まなかった一歩だった。

入口の明かりが照らしている半円形の空間から、外へと出る一歩。明らかに危険で、恐ろしくて、だから今までやらなかった。あんな得体の知れないものと同じ空間に入るなんて、危険すぎて決心がつかなかったのだ。

だが決めた。今からそこに踏み込む。

明かりを出て、まさに『まっかっかさん』がいる暗闇に。

同じ場所に立つ。自分から踏み入れる。ここにいる『まっかっかさん』は一度も明るい場所には入ってこなかった。それを考えると、これは明らかに自殺行為だが、もうそれ以外にはなかった。そうでもしないと――見えないと思ったのだ。

啓は、

「…………」

両手を前に出し、親指と人差し指で、長方形の窓を作って、その窓に『まっかっかさん』を収めた。

脇に挟んで抱えていたスケッチブックが床に落ちて、衝撃と厚みに耐えかねて開いた。中に挟んであった大量の『まっかっかさん』を描いた習作が、バサバサとこぼれて、屋上を吹く風に舞った。

それらに目もくれず、啓は、そのまま前に出る。

近づいてゆく。『まっかっかさん』へと。今度こそ、その姿を捉えるために。

ざり、

ざり、

と足元の音が、異常に大きく聞こえる自分の呼吸の音と、混ざった。

四角の中に収められた『まっかっかさん』の姿に向かって、一歩一歩近づくたびに、暗闇の壁へも近づいて、その膨大な黒い気配が冷たい重圧となって、心と体を圧迫した。

「…………！」

ふーっ、ふーっ、と頭の中に聞こえる、くぐもった自分の呼吸の音が、ひどく煩い。

体が、肺が、怯えていた。それでも赤い影を四角の中に収めたまま、前に進んだ。

四角の中に、赤い影の、頭部を収めて。

激しく歪み、ぶれ続ける『まっかっかさん』の頭部に、構図を合わせて。

「……気づいたんだ」

そして張り詰めた呼吸の中、低く、小さく、啓は言う。

「僕は――おまえの〝顔〟を、まだ、見てない」

見てない。足りない。何もかも足りない。あれを絵に描くために、その形も、奥行きも、輪郭も、質感も、陰影も、何もかも足りていなかった。

見えず、足りず、描けず。

地獄のような苦悩を続けていた。しかしそうしているうちに、その果てに一つ、ようやく気づいたことがあった。

この『まっかっかさん』を描くために、最も足りていないのは、何かということ。

それは〝顔〟だ。

気づいた。この〝人物〟を描くために、何よりも足りないのは。何よりもまず見なければならないのは、顔だということにだ。


「……なあ」


啓は、人影に問いかけた。

緊張に締め上げられている呼吸の中で。それでも問いかけずにはいられなかった。啓は追い詰められていた。

目の前の存在に追い詰められ、同時に駆り立てられている。

追い詰められている。危機と、恐怖に。そして駆り立てられている。理不尽への抵抗と、絵描きとしての意地と執着に。

ここには、啓の全てがあった。

全てに追い立てられて、今にも意識がなくなりそうな、喘(あえ)ぐような呼吸の中で、それでも問いかけた。

「おまえは、なんだ？」

問う。

そして。

「いいや――違(ちが)う。〝誰(だれ)〟なんだ？」

問いながら、歩み寄る。

近づく。一歩。そしてまた一歩。

ざり、ざり、

近づく。だが、四角い窓の中に収めた赤い人影(ひとかげ)は、足を進めても進めても、その大きさと構図を変えなかった。

ぐじゃぐじゃと、歪み、ぶれて。

それは蜃気楼のように、近づいても近づいても、距離が縮まらなかった。

それを追う。目を見開いて、瞬きも忘れて、見失ってしまうことを何よりも恐れて。目を離した瞬間に消えてしまいそうな、そんな予感に駆られて、ただそれを見据えて、暗闇の中にいるそれを、追う。

聞こえるのは、自分の音だけ。

自分の呼吸の音と、足音だけ。

ざり、ざり、

全ての神経を、感覚を、弓を引き絞るように緊張させて。すでに明かりの届かなくなった暗闇の中を、四角の中の赤い人影だけを見据えて追う。目の前は完全に闇に包まれ、もはや位置も距離も分からない。そして、暗闇の恐怖が視野の外側から、じわじわと魂に侵入して、その心を削り取り始めていた。

じわ、と冷たい汗が、全身に浮いていた。

肺と心臓が締め上げられて、呼吸がどんどん浅くなり、鼓動がどんどん大きくなった。

四角を作る手が震え、意志が、脚が、萎えそうになる。進んでも進んでも前に進まない悪夢のような感覚に囚われて、焦りと恐怖が、心の中に膨れ上がる。

その中を――

「……っ！」

ざり、

踏み出した。進んだ。

進まなければ、正気を失うことが分かっていた。

赤い人影を追う。捕まえる。その姿を捉え、顔を確かめる。

そのために前に進む。進むしか、もはやなくなっていた。暗闇の中を、進む。追う。ただ四角の中を見据えて、それだけを見て、今にも硬直しそうな足を、ただ前へ、前へと、ひたすらに進み続ける。

ざり、

ざり、

見開く目。喘ぐ呼吸。
見据える人影。ただ前に進める足。

ざりっ、
ざりっ、
ざりっ、

足音。暗闇。
風。焦燥。焦り。そしていつまでも距離の縮まらない蜃気楼に引きずられて、だんだんと大股に、早足になり——そしてその間も膨れ上がり続けていた暗闇の恐怖がとうとう心から決壊するように溢れて——

「……っ!!」

走り出そうとした。
してしまった。

その一歩目の床が、なかった。

「!?」

踏み抜いた。いや、最初からなかった。

指で作った窓と、その先の『まっかっかさん』だけを見続けていた啓は、このとき初めて自分が、屋上の端から足を踏み出したことに気がついた。

落ちた。足が。屋上から。下へ。

瞬間、

「――――ダメっ!!」

女の子の声。そして落下。衝撃。

天地が回転した。屋上の外に足を踏み出したその瞬間、啓は背負っていたリュックサックを思い切り引っ張られて、踏み外したのと同時に後ろに倒れ、激しく尻餅をついた。

「うわ⁉」

激しい打撲の痛み。転んだ。同時に脚が宙に投げ出された。啓はコンクリートに強く腰を打ちつけたが、痛みを感じたその直後、下半身が完全に校舎の端から外に出ていて、屋上の虚空にぶら下がっていることに気がついた。

「…………………⁉」

一気に頭から血の気が引いた。

何も分からないまま必死で手を振り回し、手に触れたフェンスを、全力でつかんだ。

手が震え始めた。ようやく自分の状況が理解できた。

啓は、フェンスの破れ目にいた。

啓はいつの間にか、初日に見ていたあのフェンスの破れ目から、外へと飛び降りようとしていて――――落ちる寸前にリュックサックを引っ張られて辛うじて助かり、縁に引っかかっていたのだった。

ぞ、

と全身の毛が逆立って、直後、大量の汗が噴き出した。

心臓がばくばくと音を立て、脳と全身と魂が、全力で酸素を求めて喘いだ。

喘ぐように呼吸をしながら見上げると、目が合った。そこにあったのは、箒を放り出して絆創膏だらけの両手で啓のリュックサックをつかみ、辛くも啓を引きずり戻した、啓と同じくらい必死な表情をした菊の顔だった。

「…………!!」

「よかった……!!」

菊は強張った顔で目を見開いて啓を見下ろしていたが、啓と目が合うと、ほっと表情を緩めて、ずるずるとその場に座り込んだ。お互いびっしりと汗をかいていた。啓はまだ震えて完全には自由にならない体に必死で力を入れて、這うようにして、自分の体を屋上の安全な位置まで引き上げた。

「あ、ありがとう、助かった……!」

まだ実感のないまま、啓は、菊に言った。

「でも、なんで……」

「緒方くんが、二森くんを気にして見てて欲しい、って」

菊は答えた。声が震えていた。

「それで、様子が変だったから……よかった、間に合って……」

本当に危なかった。座り込んだまま、身動きのできない様子の菊。這いつくばったまま、やはり身動きのできない啓と、二人はしばらくざらつくコンクリートの床の上で、屋上の風に吹かれながら荒い呼吸を続けていた。

「……くそ」

やがて、少し落ち着いた頃、啓が言って、立ち上がった。

そして口を引き結んだ仏頂面で、座り込んだままの菊に手を差し出して、まだ震えている手を取って立ち上がらせると、フェンスの破れ目と、その向こうの虚空に目をやった。

「結局、見えなかった。騙されただけか」

そして啓は、悔しげに言う。フェンスの向こうに、人影はなかった。つい先ほどまで啓が見ていたのは何だったのだろうか。ずっと追ってここまで来たはずの『まっかっかさん』は、元の屋上の暗闇の真ん中に、元のように歪み続けながら立っていた。

「まだ、駄目か……」

啓は、『まっかっかさん』を見て、歯噛みする。

「見えない。見えないと……描けない」

「……あの」

そうしていると、隣で一緒に『まっかっかさん』の姿を恐ろしそうに見ていた菊が、その呟きを聞いて、啓を見た。

「一緒に『狐の窓』が見えたから……もしかしたら、見えるかも」

菊は言った。

「は？」

「あの、前に、一緒に作った『狐の窓』で、二森くんも見えてたから……『狐の窓』はあっちのものを見破るから……絶対見破れるわけじゃないけど……見えるかも」

思わず聞き返した啓に、菊はたどたどしく説明しながら、啓の両手を取って、向こうに見える『まっかっかさん』の方に向けた。

そして、

「窓、作ってみて……」

「こうか？」

啓が指で四角を作る。

菊がその四角に、絆創膏だらけの自分の手を重ねた。

そして、今まで幾度もそうしたように、四角越しに『まっかっかさん』を見ると――

そこには啓がいた。

頭から靴まで全身を血に染めた啓自身が立っていて、笑っていた。

一瞬で、全てを理解した。

この『まっかっかさん』がいったい何だったのか、啓は全て理解した。

「…………………!!」

啓は硬直し。

ゆっくりと『狐の窓』を解いた。

そして、その普通ではない様子を見て不安げになった菊に目もくれず、真っ直ぐに『まっかっかさん』を見つめたまま、パーカーのポケットからパレットナイフを出し――

自分の手のひらに突き刺した。

ひっ、と息を呑む声。

それから屋上の暗闇に、悲鳴が上がった。


…………

………

「なるほど、『ドッペルゲンガー』ってことか」

†

へえ、と『太郎さん』が、皮肉とも感心ともつかない声で、言った。

「もう一人の自分を見ると死ぬ『ドッペルゲンガー』。見ると死ぬ『まっかっかさん』。確かに結果は同じだね。だとするとその『まっかっかさん』が『ドッペルゲンガー』だったとしても、何もおかしくないってわけだ。なるほどなあ」

そう言う『太郎さん』が見ているのは、啓の『日誌帳』。それと以前にも見た未完成の『ほうかご』の屋上を描いた、スケッチブックに描かれた一枚の絵だった。

かつては未完成だった絵の中央には、今は『まっかっかさん』が描かれていた。

そこには、血の雨の中を歩いて濡れそぼったかのように、頭から足までを真っ赤な血に染めた、二森啓自身の姿があった。

絵の中の啓は、パレットナイフを持っていた。

そして、その両手で握ったパレットナイフを、胸の辺りに捧げ持っていた。喩えようのないぐじゃぐじゃな感情によって浮かんだと思われる、異様な笑顔。そしてそんな笑顔で、絵の中の啓はパレットナイフの切っ先を、自分の首に突き刺していた。

「…………」

論評を聞きながら、啓は『開かずの間』に立っていた。

左の手には、医療用のテープが巻かれている。手のひらにはガーゼ。

それは惺が、念のためにと『ほうかご』に持ち込んでいたもの。啓がパレットナイフを自分で突き刺した、その傷を応急処置したものだった。

あのとき啓が流した、左手の血。

あれは自傷ではなかった。少なくとも啓にとっては。

あれは画材調達だった。この絵を完成させるために欠くべからざる画材。それはいま『太郎さん』が見ている絵の、中央に立っている啓が、自分の首に突き刺したパレットナイフから流れ出す血として、その絵具として、塗り込まれていた。

啓は、全て理解した。

あの『まっかっかさん』の顔が自分だと知った瞬間、つまり自分を殺そうとしたものが自分自身であると気づいた瞬間に、理解したのだ。

その通りだと。啓は自分が死ぬことを、いつだって心の底で考えていた。

今まではっきりとした形ではなかったが、自覚した。啓は、自分さえいなければ母がもっと幸せに生きられたのではないかと、常に心の底では思っていたのだ。

母の離婚は、自分がいたせいだ。

自分のせいだ。その思いがずっと、意識の下で燻っていた。

生まれなければよかった。それは父親が、幾度か啓に向けた言葉でもあった。

お前が生まれなけりゃよかったのにな、と。だからこそ啓は否定し、心の底にずっと押し込めていたが、それは確かに呪いとなって、無意識から啓の心の根を腐らせていた。

あの『まっかっかさん』は、死を選んだ啓の姿だ。

だから死の影は、啓が無意識に死を考える場所で姿を現したのだ。

死ねる場所で。死を考えてしまう空隙で。

そして――――母のいる場所で。見たら死ぬ『まっかっかさん』がそんな場所で姿を現すのは、当然だった。

理解した。理解して、描いた。

絵を描き切った瞬間、屋上に立っていた『まっかっかさん』の姿は消えた。

だが、啓はまだ『ほうかご』にいる。屋上からも、まだ『まっかっかさん』の気配は消えていない。

まだ、少し足りないのだろう。

あと少し。だが予感があった。その〝少し〟は、決して埋まらないと。

いや、『決して』と言うと言い過ぎになるのかもしれない。だがきっと、その〝少し〟は生涯にわたって啓につきまとうか、埋まるまでに膨大な時間がかかるのだと思った。

そして、啓に何かがあったとき、『まっかっかさん』は再び現れて。

啓を誘うのだろう。

あの場所に。

フェンスの破れた、屋上に。

「…………」

そんな啓の内心を置いて、『開かずの間』には、この『かかり』が始まってから初めての朗報と言っていい報告に、安堵と羨望の混じった空気が広がっていた。

「ものの本によると、台湾なんかでは赤い服を着た死霊は特に危険って話らしいね」

意外にも『太郎さん』も、いくらか上機嫌に、ペンを宙に振りながら、啓に向かって蘊蓄などを語っていた。

「次々と人を自殺させる死霊の『縊鬼』ってのがいて、これが物凄く危険で恐れられてるんだけど、これは〝赤い〟って説もある。もしかすると『まっかっかさん』も、案外そういったところにルーツがある可能性もあるんじゃないかな」

言って、帳面にあれこれと書きつけると、几帳面な手つきで啓のスケッチブックを閉じ、帳面と一緒に近くの惺に渡した。

受け取った惺は、一度、啓に向かって微笑んで見せる。

そして何の指示もされていないのに心得た様子で、帳面とスケッチブックを、それぞれ分類して棚の一角に納める。

「こんなに早く『無名不思議』が沈静化するとはね……」

しみじみと、『太郎さん』は言った。

「今まで見たことがない。快挙かもしれないよ。何となくそんな気はしてたけど、それでもこのレベルまで絵が上手いと、記録情報としてとんでもないアドバンテージがあるんだねえ。本当に羨ましいよ」

羨望。みんなが啓を見る。

希望であり、羨望。この異常な『かかりのしごと』に、ちゃんと結果が出るのだという希望と、その結果を出して一番に抜けるのだろう啓への羨望という、ほの暗い、それでもこの『かかり』が始まって以降、一番明るい、前向きな空気。

その空気に、惺が口を挟んだ。

「いいことだけじゃないですよ。ギリギリだったんですよ。啓」

困ったように言って、釘を刺す。

「『無名不思議』を絵に描くために、あっという間にのめり込んで、ものすごい速さで侵蝕されてたじゃないですか。僕も心配して見てたのに、そんな常識的な心配なんか全然間に合わない速さでやられてた。堂島さんが気づかなかったら、啓、死んでましたよ」

「………………」

啓を見ていたみんなが、少しばつの悪そうな顔になったが、『太郎さん』は頭の後ろで手を組んで、背もたれに大きく背中を預けて言った。

「結果が良ければいいだろ」

「先生……」

惺が渋い表情をする。

「結果が良ければいいんだよ」

重ねてそう言って、『太郎さん』は啓を振り返った。

「なあ、知ってるか？　君や僕みたいな、能力のある奴は運命に悪戯される」

久しぶりに、『太郎さん』の顔を見た。

「せいぜい、僕みたいにならないように気をつけるんだね」

ぱし、と膝を叩いた。
啓は『太郎さん』が笑っているのを、初めて見た。

†

この日、『ほうかごがかり』に、ささやかな希望がもたらされた。
この『ほうかご』が、誰にも、どうにもできない地獄などではないという、希望。
助かる道もあるのだと、みんな知った。
そして、この日。
見上真絢が、死んだ。

三話

『赤いマント』

学校のトイレに出没する。

どこからともなく「赤いマント欲しいか」という

声が聞こえるが、姿は見えない。

それに「欲しい」と答えると、背中をナイフで

刺されてしまう。

その背中は、流れる血で赤いマントを

着ているように見えるという。

1

黒板に書かれた、その文字を見た時。

見上真絢は、それが時々ある自分への嫌がらせだの一つだと思って、疑わなかった。

『ほうかごがかり　見上真絢』

つまり、仕事があるのでクラスの係を免除されていたり、放課後になるとすぐ帰ってしまうことへの当てつけ。だから真絢は溜息をついた。そしてそれだけだった。真絢はこういったことには慣れっこになっていた。ずっとそういう世界に生きていたのだ。

真絢は、容姿に優れた少女だ。

小学六年生にして身長は一六〇センチを超え、スマートで色白。綺麗なストレートの長い黒髪に、長い睫毛に、薄く形の良い唇、小作りで整った顔の造作。

キッズモデルの『まあや』として小学校に上がる前から時々仕事をしていて、雑誌やカタログに載ったり、たまにテレビの端っこに映ったりして、友達の賞賛と羨望を受ける。付き合う友達は、おしゃれと芸能が大好きな、明るい子ばかり。そんな女子の上位グループで、真絢は中心、というよりも、グループの象徴かお神輿のような立ち位置で、周囲に笑顔と存在感を振りまいて毎日を過ごしていた。

「何あれ？」

そんな友達が、黒板の書き込みを見て、真絢を気遣い憤っている。

「またあれでしょ？　久しぶりじゃん」

「嫌がらせ？　書いたの誰？」

「えっと……」

そんなみんなの反応に、真絢は困ったように笑って見せた。

「いいよ、みんな。誰がやったかとか、探さなくても」

「でも……」

「ほら、私、こういうの慣れてるし。探しても、別にいいことないし」

「そう？」

宥める真絢に、渋々矛を収めるみんな。

そのうち一人が、

「とりあえず、私があれ消しとくね」

と言って、黒板に向かって小走りに駆けてゆく。

「ありがとう、こはるちゃん」

「いいよー、これくらい」

降って湧いたささやかなトラブルに、グループがわいわいと沸く。

グループのみんなは友達だが、真絢と友達であることをステータスとも思っていて、真絢をお神輿として持ち上げていた。

あの『真絢ちゃん』のお友達。それを自慢にしているみんなに担ぎ上げられながら、真絢はニコニコと笑顔を振りまき、時々自分が新しく載った雑誌などを持ってきては、みんなが担いでいるお神輿の、ささやかな活躍を供給するのだ。

人間は、見た目だ。

見た目が良ければ、楽しく、幸せに、生きていける。

そうでない生き方もあると言う人もいるけれども、そうでない生き方をしたことがないので分からない。他人からは人間の外見しか見えないのだから、それが人間の全てではないのだろうか？

少なくとも、真絢はそうやって生きている。

ただ、そうしていると——自然と、喜ぶ子と、疎ましく思う子が現れる。

そういうものだ。ずっとそうだった。

だから自分が名指しされた、あの黒板の落書きも。

真絢にとっては、昔から時々あることなので慣れっこになっていて、少しくらい状況が奇妙だったとしても、それが誰かの悪戯であるという以外の可能性は、少しも思い浮かばなかったのだ。

†

カァ――――――ン、

コ――――――――ン！

「…………!?」

その日の夜。十二時十二分十二秒。

深夜の部屋に突然鳴り響いた、その激しく音割れしたチャイムの音に飛び起きた真絢は、そのまま激しい頭痛に襲われて頭を抱え込み――次に顔を上げた時には、いつの間にか開いていた部屋のドアと、そのドアの向こうに学校の廊下が続いているという、異様な光景を目の当たりにすることになった。

「え……なに……⁉」

ノイズ混じりの校内放送が、そこに響き渡る。

『――ザーッ――ガッ……ガリッ…………

……かか、かかり、の、連絡でス。

ほうかごガかか、かかり……は、ガっ……こウに、集ゴう、シて下さイ』

「は……⁉」

何も理解できないまま、呆然と放送を聞く真絢。奇妙な夢を見ているかのような、この異常な状況に、真絢は呆然としつつも立ち上がり、おそるおそるドアへと歩み寄ると、向こう側を確認した。

「…………」

まず感じたのは、温かくてアロマの香りがする自分の部屋の空気へと流れ込んでくる、学校の匂いがする冷たい空気だった。

学校の、無機質な建材と埃の混じった乾いた匂い。

その空気を吹き込ませているドアへと、真絢は近づいて、中を覗きこむ。

自分の部屋から続いているそれは、確かに学校の廊下だった。ただしそれは見たことがないくらい薄暗い、全ての窓が黒い、深夜の学校だった。

「え……」

中へと身を乗り出しても、学校の廊下だ。

自分の家の廊下ではなく、幻でもなく、消えもしない、学校の廊下がそこにある。

あまりにも奇妙なその光景に、半ば夢の中にいるような思いで、そーっ、と足を踏み入れてみた真絢は。

直後。

自分が深夜の学校の廊下に、帰り道もないまま、ぽつんと取り残され、たった一人で立っていることに気がついた。

「えっ……」

入って来たはずのドアが、消えていた。

そして肌に触れている服の感触の違い。つい今しがたまで着ていた、柔らかくて暖かい可愛らしいブランドのナイトウェアではなく、見たことのない制服のような服を自分が着ているという事実に、激しく戸惑いながら周りを見回すと、振り返った背後のすぐそこに、いきなり明かりがあるのが目に入った。

それは、女子トイレの入口だった。

薄暗い廊下が続いている景色の中に、ぽつんと一つ。なぜかそこだけ明かりがついている女子トイレがあって、そんなトイレの入口から煌々と、そこだけ妙に明るい光が、廊下へと漏れ出していた。

「…………」

明かりの乏しい世界に、一つだけ、煌々と。

しかしそれは、見る者に安心ではなく、逆に空々しく不自然な、不気味さを感じさせた。

まるで昔話の、道に迷った夜の山中に、ぽつんと一つだけ現れる人家の明かり。

あるいは夜道で出会う夜鳴き蕎麦の明かり。それは見る限り、明らかに人間でないものが犠牲者を誘う明かりだったが、しかしやはり昔話の中ではいつだってそうであるように、周りを他に見回しても、見渡す限り薄暗い廊下と真っ黒な窓が続いているだけで、その明かり以外によすがになりそうなものが、何ひとつ存在していなかった。

男子トイレと並んだ、二つの入口。

その女子トイレだけについている、明かり。

「…………………」

しばし立ち尽くした。だが待ってみても、夢は覚めなかった。

待つほどに、冷気と現実感と、現実感を歪めるノイズが、じわじわと身に迫るだけ。

しばしして、真絢は仕方なく足を進めた。目の前の、その女子トイレに灯る明かりへと近づいていって、うっそりと不安を覚える薄暗がりの中から、廊下に漏れている光の中へと足を踏み入れた。

そして――――中を覗き込んだ真絢は、そこで立ち止まって、動きを止めた。

「…………なにこれ」

思わず、小さな呟きが漏れた。

明々と照らされた、見慣れた学校のトイレ。そこには何の変哲もなく、個室のドアが開いた状態で並んでいたが、その個室のうちの真ん中の一つに、奇妙なものがあるのが目に入ったのだ。

赤い。

赤い大きな何かが、トイレの個室の中にぶら下がっていた。

布だった。体育館のステージに飾ってある学校の旗ほどの大きさをした、真っ赤な布。それが、明らかに場違いなそれが、個室の中にひとつ、当たり前のように天井から吊り下がっていたのだった。

天井に、本来ならあるわけのない大きなフックが取り付けてあり、そこからロープが一本ぶら下がって、布を吊り下げている。布の四隅の一辺にロープが結びつけられて、だらりとそのまま、個室の中に垂れ下がっている。

それだけ。

ただそれだけ。

他には何もない。

本当に、ただそれだけ。

異様で不気味だが、どこかシュールで、それだけ。

「………」

狐につままれたような思いで、ぽかん、と立ち尽くして、それを眺めていた。

ずっとそうしていた。だが、そんな真絢に、急に声をかけるものがあって、真絢は驚いて振り返った。

「……もしかして、見上さん？」

「！」

少年の声だった。

見ると振り返った廊下の先、ちょうど階段を上がってきたばかりの曲がり角に、いつの間にか一人の男子が立っていて、真絢の方を見ていた。

覚えのある顔だった。

男子の中でも特に目立つ、大人びていてかっこいいと、女子に人気のある男子だ。

芸能が大好きな真絢の友達も、そこらの芸能人に負けていないと、よく肯定的に話題にしているので、名前も憶えていた。

その名前を口にした。

「………緒方くん」

緒方惺。彼は真絢のいる場所に向け、早足で近づいてきた。

驚いた。男女や細部の差はあるものの、彼は明らかにいま真絢が着ているのと同じ制服を着ていた。それに、なぜか校内だというのに片手にスコップを携えていて、真絢はそれを胡乱に思いつつも、思わずいつもそうするように笑顔で応対しようとした。

だが。

「やっぱり見上さんだ」

惺は少し急いだ様子で真絢の前に立つと、つい今しがたまで真絢が覗き込んでいたトイレへと目を向け、手早く質問してきた。

「見上さんは、来てから、最初にここに？」

「そうだけど……」

答える。答えつつ、真絢はこの状況でかけられたその質問に不躾さを感じて――――ついでに自分が夢を見ているのではないかとも疑って、浮かべかけていたいつもする社交用の微笑を取りやめた。

不躾な相手に、わざわざ笑顔を作ってあげる必要はない。

　それが夢なら、なおさらだ。結果、真絢は人前ではほとんどすることがない仏頂面で、惺に問いかける。

「ねえ、これって夢じゃないの？」

　その不機嫌な質問に、今度は惺が答えた。

「残念だけど、現実」

「……」

　不満げに口を引き結ぶ真絢。そんな真絢の様子と、トイレの様子を交互に見ていた惺は、小さく息を吐くと、続けて言った。

「でも、まだ怖い目にはあってないみたいだね。よかった」

「……怖い目？」

　真絢は眉根を寄せる。

「どういうこと？」

「うん、説明は、後でちゃんとするよ」

　頷いて見せる惺。

「だけど話すと長くなるから、ちょっと待って。ここにいると危険かもしれないから、一回移動しよう」

　そしてそう言うと、惺は先に立って歩き出した。もちろん真絢が、そんな答えに納得ができるわけがない。

「トイレのあれって、何？」

真絢はその背中に、もう一つ問いかける。

惺は振り返らず、立ち止まりもせず、早足の歩みを続けた。

「……」

「ねえ」

追い、重ねて声を投げつける、真絢。

それに返ってきたのは、短い答えだった。

「ナナフシギ」

2

案内されたのは、噂にいう『開かずの間』だった。

初めて見た、開いている『開かずの間』の中に真絢を招き入れると、惺は、

「ちょっと待ってて。他も探して、連れてくるから」

と言い残して、せわしなく部屋を出ていった。

その間『開かずの間』に残される真絢。ただ、一人ではなかった。部屋には最初から、背中を向けたまま振り返りもせず座っている真っ白な髪をした少年がいて、しかし紹介もされず彼の方も何も言わなかったので、真絢の方も一言も声をかけずに、その後頭部をただ黙って見ていただけだった。

モデルの仕事の撮影現場で、普通の人よりも色々な髪色を見てきた真絢でも、これほどの長さをした完璧な白髪は今までに見たことがない。それが同じくらいの歳の子供ともなればなおさらで、同じようなものを見たことがあるとすれば、ドラマや映画に出てくる老婆くらいのものだ。

――まあ、どうでもいいけど。

そんな風に思いながら、真絢は無言で立っていた。

その間にも、惺が何度か戻ってきて、新しい子を連れてきては置いてゆく。そんな怯えた様子の子たちとも一言も交わさずに、やがて部屋にいる子供の数が合計で七人になった時、

「……はあ。やれやれ、これで全員そろったかな？」

白髪の少年が、初めて言葉を発した。

それが見上真絢にとっての、『ほうかごがかり』の始まりだった。

†

真絢の『しごと』は、あのトイレにぶら下がった、赤い布を観察すること。

その赤い布は『ナナフシギ』で。

名前は『赤いマント』。


……馬鹿馬鹿しい。

真絢の感想は、それに尽きた。

この異常な現象も、受けた説明も、強いられた仕事も、それから出会った人間も――ついでに言えば目を覚ました時に、手に持っていた『しおり』と『日誌』があるせいで、夢だと決めつけることもできない現実も、全てが馬鹿げていた。

馬鹿げた状況に巻き込まれた。それが真絢の認識だった。

それは担当する『無名不思議』とやらが、単なる赤い布だという間抜けさによる、危機感のなさが最大の理由ではあったが、それを差し置いても真絢は冷静だった。正確に言うなら冷めていた。

これが現実であることは仕方がないので認めるが、あの緒方惺や『太郎さん』とやらの説明も鵜呑みにはしていないし、従う気もない。

あの『太郎さん』は見た目も素性も言うことも怪しいし、その子分のように振る舞う緒方惺はシンプルに胡散臭い。真絢は他の友達とは違って、惺に異性として興味がなかった。顔がいいというだけの人間ならば、モデルの仕事をしていれば、それこそ売るほど見ることができるのだ。

それほど『ほうかご』は怖くない。

ただ怪しかった。そして煩わしかった。

しかし、それから逃れる方法も分からない。

納得はしない。だが子供の柔軟さでもって、その異常な現実を否定したりもしないという冷静な懐疑的態度。しかしそれは逆に、真絢を他の誰よりも早く、結果的に『ほうかご』に適応させた。

泣きも、怯えも、暴れもしない。

頭がおかしいと思われるのも面倒なので、他の人間に口外もしない。

だからと言って大人しく、『かかりのしごと』とやらをする気はない。

それは『ほうかごがかり』の理想的な態度では決してなかったが、しかしただ単純に『ほうかご』に臨む人間の態度としては、誰も真絢に伝えはしなかったが、皮肉にもほぼ満点のようなものだった。

なので――――


「じゃあ、今日から本格的に『かかりのしごと』を始めるね」


やはりチャイムによって呼び出された金曜日。

惺のそんな言葉によって始まった二回目の『ほうかごがかり』は、この『ほうかご』の学校の雰囲気そのものが不快であること以外は、とても平穏に終わった。

それとなく全員の動向を監視しているような惺の目が煩わしいので、一応、担当の女子トイレには行き、あの赤い布と対面した。しかし、ただそれだけで、それからは何事が起こることもなく時間は進み、そのうち持ってきていた携帯が問題なく使えることに気がついてしまい、あとは本当にネットを見ながら時間を潰しただけで、そのまま終わりの四時四四分四四秒を迎えたのだった。

そして、そんな『ほうかご』を終え、週末を忙しく過ごし、週明けの学校。

「あ、あの……見上さん」

朝、登校直後の、まだ誰とも会っておらず一人の時。真絢は学校の玄関近くで、急に女の子から声をかけられた。

「……えーと、あなたは確か――瀬戸さん」

話しかけてきたのは、瀬戸イルマだった。

「あっ……おぼえててくれたんだ。うれしいな……」

真絢が名前を呼んだことに、イルマは面映げに、はにかむ。どうやら、真絢が登校するのをここで待っていたらしいイルマ。真絢は穏やかに、微笑んで見せた。

「どうしたの？」

「あの、『ほうかご』のことで、おはなし、したくて」

「……」

でしょうね、と真絢は思った。

イルマとは、昼の学校では話したことは一度もない。なのでそれ以外に話すことなど一つもなかったからだが、しかし正直なところ、『ほうかご』のことでイルマと話すことも、やはり何もないと真絢は思っていた。

だが、そう思いつつも、真絢はイルマに心配の声をかける。

子供の身で社会に出ている真絢には、そんな社交辞令が意識の隅まで染みついていた。

「大丈夫だった？」

「うん、大丈夫……じゃ、ない、かな……」

イルマは、うつむいて答えた。

真絢はその様子を見て、気になって質問する。

「そんなに、あなたの担当してるのって、怖いの？」

「うん、怖いよ」

頷くイルマ。

「そう。どんなものなの？」

「え、えーと、怖いけど……怖いから……見てない。ボク、このあいだの『かかり』の時、怖くて自分のとこに行かなかったから」

「そう……」

なるほど、と内心でうなずく真絢。あそこにいたメンバーの中でも、イルマの臆病っぷりは相当だったので、どうしていたのか気になったので訊ねたのだが、納得のいく答えが返ってきたので、真絢は満足した。

そんな真絢の内心など知らず、

「……心配してくれて、ありがと」

と、素直に心配されたと思って、イルマはお礼を言う。

「見上さんって、綺麗だし、優しいね」

そして何も知らずに、真絢のことを褒める。

「それに、強いな、って」

「強い？」

そして続いたイルマの言葉に、真絢は身に覚えがなくて、これぱかりは完全に本心で首をかしげた。

「そう思われるようなことをした覚えはないんだけど……何のことを言ってるの？」

「えーと、このあいだの『ほうかご』のとき、見上さん一人だけ、『太郎さん』に言い返してたよね？」

イルマは身振り手振りを交えて、気持ちを伝えようと、一生懸命に答える。

「言い合いして、やりこめてた。それ見て、ボクは絶対あんなことできないから……ちょっとだけ心がスカッとしたから……」

「ああ、あれ……」

前回、『太郎さん』が質問を許可した時に、「ずっとそこに座っているのか」と訊ね、軽く言い合いになった。あれは確かに揚げ足取りをした部分もないではなかったが、半分以上は素直に気になったから聞いてみただけで、別に真絢としては、やりこめることを目的にした発言ではなかった。

「それで、ちょっとだけ勇気をもらったから……」

イルマはそう言って、真絢をまっすぐな目で見上げる。

「ちょっと変かもだけど、ありがとう、って言いたかった。今日は、それを言いたくて」

「そう、ありがと。でも、お礼を言うようなことじゃないよ」

真絢は言う。本当にそうなのだ。だがそんな真絢の答えに、イルマが向ける尊敬の視線は、むしろ強くなる。

「『ほうかご』の時の見上さんはちょっと怖いけど心が強くて頼もしくて、でも、普通の時はニコニコしてて優しくて、綺麗で、ボク、憧れてるんだ」

キラキラとした目で言う。

「ボク、見上さんみたいになりたいな」

「そうなんだ……ありがとう」

一学年歳下の女の子が向けてくる、その素直な憧れと好意に、真絢はお礼を言って、とびきりの優しい微笑みを返す。

だが――

微笑む真絢の心の中は、空っぽだった。

嬉しいとも、微笑ましいとも、何とも思っていない。ただ逆に、だからといって、憎んでいるわけでもないし、疎んでいるわけでもない。

本当に、何も感じていなかった。真絢は、自分に対する他人の評価に慣れきっていた。歯の浮くような絶賛から、存在否定のこき下ろしまで、ジェットコースターのような毀誉褒貶に幼い頃から曝されすぎて、それらに対して何かを感じる心が完全に毀れて、とっくの昔に失われていた。

美人だけど付き合いやすい。
美人だと思って調子に乗ってる。
美人で優しい。分け隔てがない。
美人だけど怖い。何考えてるか分からない。

真絢について、周囲の人間は、あれこれと言う。

素直でいい子。

周りを見下してる。

意外と真面目。

先生にいい顔をして、計算高い。


そんな風に、あれこれと。

だが。

全部、全部、間違いだ。

なぜなら真絢には——自分なんてものはなかったからだ。

真絢は人形だった。

まず両親の人形で、次に仕事で出会う大人たちの人形で、それから友達の人形で、あとはその時々で会う人たちの人形だった。

周りに望まれているであろうことを言い、行動をし、ニコニコと笑い、基本的にそれ以外のことはしない人形。自分がどうしたい、どう思われたいという理由で、真絢が何かをしたことは、これまでの人生でほとんどなかった。

真絢の普段の言動も立ち振る舞いもファッションも、他人から見える全ては、親の作ったマニュアルと社交辞令でできていた。

幼い頃から、仕事のためだと言って、お母さんからそう厳しく教育されていた。そして仕事の時はもちろん、お母さんと一緒にいる時は常に——つまり日常のほぼ全てが、そうでないと許されなかった。

美人で可愛い『まあや』は、常に誰かに見られているから。

だから常に、理想の見た目と振る舞いをしなければいけない。

もちろん、一番たくさん見ているのは『お母さん』。外から見える真絢は、ただひたすら、お母さんが作った通りの理想の娘だ。

こうしなさい。ああしなさい。こういうもの。

真絢は物心つく前からあらゆることに細かく口を出され、お母さんの理想の娘である『まあや』を演じることだけを、ひたすら続けていた。

怒鳴ったり叩いたりといったことは少なかったが、幼い真絢が『理解する』まで、何時間でも真絢の言動全てに理想を言い聞かせる。そしてそういう時、お母さんは抑えた癇癪を、物とお父さんにぶつける。

真絢の持ち物の中に、幼い頃からずっと持っている物は一つもない。何かお母さんにとっての不満があるたびに、捨てられているからだ。家の中の物に、真絢の幼い頃からある物は一つもない。不満を爆発させた時に、家に一人になったお母さんが壊してしまうからだ。

そして幼い真絢がお母さんの思う通りにならなかった日の夜に、「おやすみなさい」と真絢を部屋に追いやったあと、始まる夫婦喧嘩が怖かった。家中に響き渡る、主にお母さんの怒鳴り声を聞きながら、一人ベッドの中で頭から布団を被って縮こまる夜は、あまりにも怖くて不安で心細くて、翌朝になって何事もなかったかのように普通に談笑をしているお母さんとお父さんの姿が信じられず、悪い夢だったのかと思うくらいだった。

そんなあれこれが嫌で、怖くて。

でも上手くできた時のお母さんは、蜂蜜のように優しくて。

そんなお母さんを喜ばせるために、黙って従い続ける幼少期を続けた結果。

気がついた時には真絢は、自分のやりたいことも好きなものも、何一つ思いつかない、そんな子供になっていた。

言動の全ては、人にどのように見られるかが基準。

つまりお母さんにどう見られるかが、基準。

お母さんのプログラム通りに動くロボット。だから真絢が言うことにも、行動にも微笑みにも、真絢の好き嫌いや意図は何もない。だから真絢を見てみんなが思っている、真絢がどういう子なのか、どういうことを思っているのか、何をしたいのかという内面や意図は、全てが的外れなのだ。

全部『そんなふうに見える』だけの、まぼろし。

みんな、勝手に自分の見たい真絢を見ているだけ。

意外と良い子だと思っている仲のいい友達も。調子に乗っていると思っているよく知らないクラスメイトも。真絢を見て、どんな子か想像している雑誌の読者も――そして目の前で憧れの目で見上げているイルマも、全員。全員だ。

真絢は人形。

容姿だけで、魂も何もない、からっぽの人形。

真絢は、容姿だけの存在。

言葉も、立ち振る舞いも、内面の表れではなく、この容姿の一部としてお母さんが整えた、お化粧や服と同じだ。

お母さんは、真絢の容姿しか褒めたことがない。

お父さんも、真絢の容姿しか褒めたことがない。

仕事相手も、真絢の容姿しか褒めたことがない。

友達も、そのほかの真絢を見た全ての人も、真絢の容姿しか褒めたことがない。


真絢。

その名前は、この容姿につけられた名前だ。

真絢には、自分なんか、ない。

少なくとも、その名前で呼ばれたものに、間違いなく自分だと言えるものが含まれていたことは、ただの一度もない。

みんなは――お母さんは、お父さんは、友達は――

先生は、クラスメイトは、仕事の相手は、真絢の載った雑誌を見た人は――

目の前で話しながら憧れの目を向けるイルマは――

見上真絢。

この容姿のことを。

その名前で、呼んでいるのだ。


「…………」


真絢は、そんな空っぽの微笑みで、イルマを見る。

この微笑みで、イルマに伝えたい思いは何もない。イルマは今まさに、自分の見たい真絢を見て、思いたい思いを受け取っている。

「私みたいにならなくても、瀬戸さんは瀬戸さんの可愛さがあるよ」

真絢は言う。

本心だ。褐色がかった肌。ぱっちりした目。可愛いパーカー。内面が溢れ出す言動。イルマは容姿もファッションも内面も、こんなに個性があるのに、それなのに真絢みたいな、空っぽになりたいなんて言う。

「でも、えーと」

可愛いと言われたイルマは、照れて指を組み替えながら、言った。

「見た目も、もちろんそうなんだけど——あの、心も」

「心？」

首を傾げる。

そんなもの、ないのに。

「ボク、見上さんみたいに、嫌なことがあっても逃げないで、ちゃんと言い返せる、心が強くて、優しくて、かっこいい人になりたいな、って」

だが、イルマは言う。

褒めてくれてありがとう。でもイルマが褒めているそれは、ドーナツの穴。

「そうなんだ」

そんなイルマに、真絢は答える。

「私はそんな風には思ってないけど、瀬戸さんにそう思われてるなら」

だから何、とは言わない。言葉も、笑顔も、曖昧にする。

真絢に好意的なイルマは、それを勝手に、好意的に見る。イルマは、少し顔を上気させ、それからまた、口を開く。

「だから……」

そう、何かを言いかけた時だった。

イルマの視線が、ふと真絢の後ろの方へと向いて——途端、その目が大きく見開かれて、同時に上気していた顔から、一気に血の気が引いた。

そして、

「ひっ……!」

喉からの、息を呑む悲鳴。

恐怖に彩られたイルマの顔。さすがに驚いて、真絢は振り返った。

「えっ……?」

そこには、何もなかった。

目を向けても、何もない。

そこには朝の学校の玄関と、そこを行き交う、いつも見ているのと変わらない景色。
何の変哲もない、ランドセルを背負った大勢の子供たちや、先生が行き交う、そんな景色があるだけだった。

「なに？　どうしたの？」

問いかける。

だがイルマは、怯えで強張った表情のまま、その場で後ずさりし、向こう側にいる何かとの間を真絢で遮るような位置に、じりじりと移動した。

そして、

「なんで────」

つぶやいた。

目を見開いたまま、絞り出すように、押し殺した叫びのように、つぶやいた。

「なんで────なんで『ムラサキカガミ』が、こ、こ、こ、ここにあるの、、、……!?」

「!?」

蒼白な顔で。

真絢はそれを聞いて、もう一度自分の後ろを見た。だがそこには、やはりなんの変哲もない人の群れがいるばかりで、イルマがこんな顔をするようなものは、いくら探しても見つけることができなかった。

3

イルマが朝の学校で、『無名不思議』と思われる何かを見た。

後で聞くと、小嶋留希も、昨日、家で何かを見たという。

話によると、二森啓も。

そしてイルマに付き添って、問い詰めに行った惺の説明は『そういうもの』。だんだんと日常を侵蝕されてゆく。それこそが『ほうかごがかり』の運命で、それこそが『無名不思議』を担当するということで、だからこそ『かかりのしごと』が必要になるのだと。

「！」

そしてその日。家に帰ってお母さんのいるリビングに入った瞬間、部屋の真ん中に大きな赤い布が吊り下がっていて、真絢はびっくりして立ちすくんだ。

「そ、それ……」

「どうかしたの？　まあやちゃん」

白を基調にした完璧な身だしなみをして、リビングの大きなソファーに座って営業の電話をしていたお母さんが、電話中だった携帯を手で塞ぎつつ訊ねてきて――――思わず反射的に「なんでもない」と答えた時には、あれほどはっきりと存在していた赤い布は、もうそこから跡形もなく消えていた。

幻覚だ。

心臓が、驚いた名残でばくばくと鳴った。

だが即座に取り繕って、真絢は怪訝な顔をして返事を待つお母さんに、言った。

「ちょっと……急に、思い出したことがあっただけ」

「そ。ならいいけど」

そう言って電話に戻ったお母さん。

それを横目に見ながら、リビングを後にする真絢。

そして――――

なるほど、こういうこと。

自分の部屋に帰り、心を落ち着けた真絢は。

大人っぽい茶色と小ぶりなデザインをした、特注のランドセルを棚の上に下ろしてから。

朝に見たイルマの様子を思い出して――そして、どこか他人事のように、そんな感想を持った。

……………

†

そうして迎えた、三回目の『ほうかごがかり』。

この日は今までの二回とは、明らかに空気が違った。

元々、『開かずの間』に集められたみんなの間には、この異常で理不尽な状況への怯えや不満や嘆きといった空気がうっすら広がっていた。だが、今やそれらが隠しようもないくらい明らかになり、重苦しい緊張となって、部屋の中を支配していた。

この日のみんなにあったのは、疲弊と悲壮感だ。

この『ほうかご』の学校から、得体の知れない化け物が普段の生活に侵入してきた。そんな最悪の状況にみんなは追い詰められ始めていて、それが雰囲気となって、部屋をすっかり満たしていた。

中でも酷い様子なのは、二森啓だ。

担当しているのは『まっかっかさん』。見ると死ぬという都市伝説らしい。

そういう意味では真絢の担当する『赤いマント』も、死の危険がある都市伝説ではある。だが少なくとも自分に限って言えば、『太郎さん』の名づけは、かなりいい加減なものだと言わざるを得ない。

あれはただの赤い布だ。

ちゃんと見れば、全然マントでもない。

見た目を聞いた印象からの、短絡的な連想だ。だから啓も、『太郎さん』の名づけなんか気にする必要はないのにと内心では思っていた。

別物だ。そう思っていたし、そう信じたくもあった。

とはいえ、そう言って元気づけてあげる意味も義理もないので、何も言わなかったが。

啓とは、まともに話をしたことさえないのだ。イルマのように話しかけてきたなら、それくらいは言ってあげてもいいけれども。

「さすがにみんな、『ほうかごがかり』を真面目にやる意味が分かってきたよね」

そんな、みんなの窮状を前にして、『太郎さん』が言う。

「だから、前回担当の『しごと』に行かなかった人、『日誌』を提出しなかった人は、今日はちゃんと提出してよね」

「…………」

担当する『しごと』から逃げて、当然『日誌』などつけていないイルマが、泣きそうな顔をしてうつむく。

真絢も同じだが、そしらぬ顔をした。

少なくとも真絢には関係がなかった。真絢は『赤いマント』とやらを別に恐れていなかったし、あのとき家のリビングで見て以降は、一度も日常では『赤いマント』を見ていなかったからだ。


「あ、見上さんはちょっと待って」


そして、それぞれの『しごと』に分かれるため、部屋から解散になったとき。

真絢は、『開かずの間』を出るところで、惺にそう呼び止められた。

「少しいいかな？」

「……」

応じはするが、真絢は笑顔の一つも浮かべない。

笑顔も愛想も、真絢にとっては『仕事』の一環だ。モデルの仕事を円滑にし、モデルの『まあや』を演じ、ひいてはお母さんの理想を演じる仕事。この『ほうかご』と、少なくとも『太郎さん』が、真絢の現実と繋がっていないなら、サービスの必要はない。

最初は夢だと思って、愛想の仮面を捨てた。

だが、そうでないと分かった今も、結論としてそのままにしていた。

どうせ今更ということと、この『ほうかご』が真絢の現実とは別の現実であること。それから、真絢が『ほうかご』で無愛想にしていても、それは理不尽に対する怒りを表明した毅然とした態度だと周りに見られているということが、イルマと話して分かったからだ。

もちろん不満も怒りも全くないわけではないので、そんな状況の中で愛想よくふるまうのはさすがにちょっと腹立たしく、それをしなくていいのは都合がいいというのも間違いない。

だから、真絢が惺に向ける表情も、冷めた無表情だ。

「……なに？」

「ちょっと頼まれてくれないかな」

大抵の人間は、真絢の容貌に冷たくされると、実際以上に怖がる。だが惺は特に気にした様子もなく、平然とした顔で用事を言いつけた。

「見上さんの担当の場所に、これを貼っといてくれる？」

言って惺が差し出したのは、破ったノートのページにマジックで字を書いたものだった。

『いる』

今まで『ほうかご』の校内で何枚も見せられた、例の張り紙。『無名不思議』がいると確定している場所に『かかり』が貼る、警告の張り紙。

「あの女子トイレでは、見上さんが来るまで目撃情報がなかったんだ」

惺は言う。

「新しい『無名不思議』だから、まだ張り紙を貼ってない。見上さんがこの『しごと』に納得してないのは知ってるけど、できれば、お願いできないかなと思って」

「……」

ミニサイズのセロハンテープと共に差し出されたそれを、真絢は無言で、取り上げるようにして受け取る。

「ありがとう。助かるよ」

そんな真絢の態度を気にした様子もなく、笑顔でお礼を言う惺。

何も答えず、さっさと立ち去ろうと背を向ける真絢。

そんな真絢を、惺が慌てて引き止める。

「あ、ちょっと待って。もう一ついいかな？」

振り返る。真絢が立ち止まったことに、ほっとした表情をした惺は、そこからは慣れた様子の友好的態度で、話を切り出した。

「見上さん、他のみんなより余裕があるように見えるけど、実際どう？」

「…………」

真絢は怪訝な表情を向けた。

「あ、僕に答えたくないなら答えなくていいんだけど、もし余裕があるなら、少しでいいから他の子のことを気にかけてあげてほしいんだ」

不躾なことを言っている自覚はあるのだろう、惺は真絢からの返答は求めずに、それでも言うべきことは言うつもりのようで、真絢をまっすぐに見たまま話を続けた。

「ただのお願いだから、聞き流してもらってもいいんだけど、できれば見上さんと同じ、新しく入ってきた女子をお願いしたいと思ってる」

「……」

「瀬戸さんなんか、いかにも辛そうだからね。もちろん見上さんが辛くないって決めつけてるわけじゃなくて、実は我慢してるだけかもしれないけど、ただ『ほうかごがかり』は大丈夫かどうかが人によって全然違って、担当した『無名不思議』の危険度とか、相性とか、本人の心の強さとかで、色々あるから、できるなら余裕のある人が、ない人を気にかけてあげた方がいいと思ってるんだ。みんなで無事に『かかり』を終えるために」

黙って惺を見る真絢。惺は、その空気にも怯むことなく、意志の強そうな目で口元を微笑ませ、正面から真絢を見返していた。

「どうかな」

「…………」

そのまま、しばらく。

真絢は一つ息を吐くと、視線を逸らし、答えた。

「……わかった。少しだけ」

「ありがとう！」

嬉しそうに破顔する惺。どうせ、そうする気はなくても、すでにイルマは真絢に頼っている節がある。きっと何かは慰めを言うことになるだろうし、それならば少しくらい恩を売った形にしておいてもいいだろうという、半ば打算だったが、素直に喜ばれると、それはそれで微妙な気分になった。

「よかった。見上さんとは、ちゃんと話ができると思ってた」

笑顔で言う、惺。

「どういう意味？」

真絢が眉を寄せて訊くと、惺は少し寂しそうに答えた。

「瀬戸さんとかは、たぶん僕を怖がってるから。たぶん小嶋君も、少しは。だから今はまだ対等には話してくれないと思う」

思わず真絢は言った。

「自覚はあるんだ？」

「もちろん。こんな異常なことに巻き込まれて、僕はそれに協力するように言ってる。疑われても仕方ないよ」

惺が認める。

「でも、こうする方が、結果的には安全だし早いんだ。先に決まりを作って、それに協力するように言っていけば、反発もあるだろうけど、いざそうなったときに早い。みんながそれぞれ酷い目にあって、取り返しがつかなくなってから協力し合おうって思っても、手遅れになる可能性が高い」

真絢は眉根を寄せたまま、首を傾げて問う。

「それって、去年の教訓？」

「そうだよ。それから、僕より前の『かかり』の経験も」

惺はうなずく。

「まあ嫌われて何も思わないわけじゃないし、ずっと嫌われたままじゃ困るけど、ある程度の憎まれ役は必要だよ。本当は先生にやってもらえれば一番楽なんだけど、ああ見えて先生は繊細だからね。図太い僕がやるしかない」

「おい、勝手なこと言うな」

奥に座っている、ずっと静かだった『太郎さん』から抗議が飛んで、はは、と惺が楽しそうに笑った。

「……仲良しで羨ましい」

真絢は皮肉を言って、今度こそ部屋を後にしようと身を翻した。

「そう見える？　ありがとう」

「おい、撤回しろ」

じゃれあっている二人の声を背中に聞きながら、白けた気分で真絢は歩き出す。

そんな背中に、惺の声が届いた。

「ああ、そうだ、ひとつ注意して。気にかけて欲しいとはお願いしたけど、気にかけるのは本人だけにして！」

マニュアルにもある忠告。

「その子の担当してる『無名不思議』の方には、関わらないように注意して！」

「はいはい」

今度は振り返らずに、ひらひらと手に持った『張り紙』を振って適当に応えて、真絢は今度こそ、『開かずの間』を後にした。

「…………」

部屋を出ると、『開かずの間』からは排除されていた、耳に触るノイズと薄暗がりが、再び真絢を包み込んだ。

うっすらとした不快と緊張が満ちている『ほうかご』の廊下。真絢は一人、そんな空気の中を、背筋だけは伸ばして、足早に歩いた。

止まれば肌から心に染み込んでくる、不安を振り切るように。

そして、その不安に伴って、安全な『開かずの間』を恋しいと思う気持ちが湧いてしまうのを、意識の外に振り切りながら。

「……なんなの」

歩きながら真絢は、つい先ほどの、惺らとのやり取りを思い出していた。

信用ならない相手との会話だった。だからこそ真絢もことさらに、皮肉と当てこすりと憎まれ口しか言わなかった。

今の真絢は、そう望まれていたから。

元からの不信感や反感はあったが、それよりもここで一番立場が近しいイルマや留希が、真絢にそれを求めていたから、そうしているという事実は否定できない。

だが――

……なんで。

なんでだろう。真絢はあの会話が、それほど嫌ではなかった。

真絢はどういうわけなのか、あの会話に奇妙な清々しさを感じていた。

不可解だった。皮肉も当てこすりも憎まれ口も、普段の『まあや』の行動としてはもちろん望ましくない。いつもなら反射として避けている行動だった。考えてしまうことさえ、軽い自己嫌悪と拒否感がついて回る。

それほど染み付いている規範から、外れた行動。

なのに、あの時それを口に出していた自分は、奇妙なくらい気が楽だった。

こんな感覚は、今まで感じたことがなかった。皮肉がストレス解消になるような、自分は性格が悪い人間だったのだろうか？

分からない。

そうかもしれない。

でも、ひとつ気がついたことがあった。

真絢は『ほうかご』に来てから、一度も笑顔を作っていない。

そしてそれが、とても楽だった。

この異常事態の中、異常の中でなし崩しにではあるが、真絢は初めて『まあや』として振る舞う必要がない自分を自覚した。

今の真絢は、『まあや』ではない。

だが真絢は、『まあや』であろうとする自分しか、自分のことを知らない。

真絢とは、この見た目のことだ。いつでも人に見られていて、いつでも人の目に追いかけられていて、その視線が見ているものを感じることで、真絢は自分の形を認識している。

だが『ほうかご』は現実の世界と隔絶されていて、『かかり』以外には、本当に誰も人間がいない。この『ほうかご』は、人の目から解放されていた。ここには真絢が真絢である自覚を促す決定的な源が、存在しなかった。

つまり――――

お母さんの目が、ここにはない。

絶対に、ここには届かない。

だとしたら、今、ここにいるのは、何?

今、感じている感覚は、何に由来するもの?

真絢は空っぽだ。

ここには空っぽが歩いている。

そのはずだった。だから何も分からないまま、真絢は廊下を歩いてゆく。

†

この日、『赤いマント』に変化があった。

真絢が見に行くと、前と同じく、トイレの個室に赤い布が吊り下がっていた。

だが少し様子が違った。布が妙に重そうで、今までにはなかった臭いがする。

不審に思って近づいて、よく観察すると、布はぐっしょりと濡れそぼっていた。

濡れそぼって、重く垂れ下がった布の端から、真下にある便器の中に、ぽた、ぽた、と赤い色の雫が落ちていた。

便器の中に溜まった水に、雫が落ちる。

落ちるたびに、水の中にインクを落としたように、赤い色がもやと広がる。

その水気に由来する臭いが、トイレに広がっていた。

知っている臭い。
鉄臭く、生臭い臭い。

血の臭い。

見た瞬間、驚いた。
だが、それだけだった。
それだけで何もなかった。濡れそぼった赤い布は、今までと変わらず、それ以上なにがあるわけでもなく、ただ吊り下がっているだけだった。

……………………

4

『日付』
『担当する人の名前』見上真絢

『いる場所』三階女子トイレ
『無名不思議の名前』赤いマント
『危険度』

『見た目の様子』

『その他の様子』

『前回から変わったところ』

『考察／その他』


真絢は、『赤いマント』に変化があったことを報告しなかった。

元々、『日誌』なんかつけてもいない。

そしてもう一つ、報告していないことがある。

赤い布が、ちらつくようになった。友達と話している時や、お母さんと話している時に、視界の隅で時々、赤い布の端っこがゆらゆらと揺れるのだ。


……………

†

四回目の『ほうかごがかり』。

啓が『しごと』として絵を描いてきた。まだ背景だけだが、驚くくらい上手な絵だった。今までやり取りがなくて全く関心がなかった啓を、真絢はこの日、初めてまともに認識した。

「わ」

「すご……」

イルマと留希が、思わず声を出すほど。

鼻持ちならない皮肉屋の『太郎さん』も、珍しく手放しで褒めていた。

だが啓はそんな賞賛など耳に入っていない様子で、まだ肝心の『まっかっかさん』を描けていないこと悔しがっているようだった。

芸術家肌の人間なのだろう。

ああいうタイプの撮影スタッフが他のスタッフやタレントとトラブルになっているのを、何年も前に一度だけ見たことがある。

ふと、それで思いついた。

「……ねえ、絵をつければいいなら、写真でよくない？」

言ってみたが、否定された。

「ど、どんまい……？」

イルマに慰められたが、別に気にしてはいなかった。ただ、笑顔でないのを、勝手に腹を立てているかのように見られただけだ。


「……あの、見上さん……？」


そしてこの日、始まりの会を終えて。

部屋を出てあの女子トイレに向かっていた真絢は、途中でイルマに声をかけられた。

真絢が振り返ると、振り返った先には、すっかり見慣れたてるてる坊主のパーカーを羽織ったイルマと、それから小嶋留希が並んで立っていた。

「どうしたの？」

訊ねる。前回、気にかけてあげてほしい、と言われたことが、頭に浮かんでいる。

イルマは少し口ごもると、顔を上げて、真絢に質問した。

「えっと……あの、見上さん、いつも三階に行ってるけど……もしかしてだけど、『かかりのしごと』、してる……？」

それを聞いて、真絢はピンときた。

彼女は不安になっている。それを不安に思っているのだ。真絢が『かかりのしごと』をしているとすると、していないのはイルマ一人になる。仲間がいなくなるのは怖いのだ。

「場所には行ってるかな。何もしてないけど」

真絢は答える。特に嘘をつく必要はなかった。

「バレバレにサボって何か言われるのも面倒だし、他に行くところもないから。ただ行って、時間つぶしてるだけだけど」

「そ、そうなんだ……」

あからさまにホッとした様子のイルマ。

真絢は逆に訊ねた。

「そこの小嶋くん……？　とは、仲がいいの？」

視線を留希に向ける。

目が合った留希は恥ずかしそうにして、持っていた『日誌帳』を胸に抱えて目を伏せた。

「仲がいいっていうか……二人だけ五年生だから、助け合おうね、って」

イルマは言う。

「そうなんだ。助け合い、できてる？　小嶋くんは『日誌』、提出してるみたいだけど」

「ボクもそこは嫌なんだけど、小嶋くん、もしやらなくて怒られたら、怖いから、って」

指摘すると、イルマは不満そうに説明する。

「勇気がないと思う。男の癖に。見た目も」

そのイルマの物言いに、申し訳なさそうに、ちょっと悲しそうに、でも黙って身を縮める留希。その見た目は確かに、ほとんど華奢で引っ込み思案の女の子そのもので、ついでに言えばいつも学校で着ている服も、見る限りユニセックスなアイテムを選んでいるが、女の子向けのブランドのものだと、真絢の知識は言っていた。

とはいえ、勇気がないと言うなら、イルマも人のことは言えない。

留希と同じくらいか、もっとひどい。イルマの留希への非難は、まるで自分に言っているかのようだ。

同族嫌悪だ。鏡を見て苛立っている。

だが、とりあえずそれよりも、いまイルマの言ったことに、個人的に少し引っかかった言葉があって、つい真絢は言ってしまった。

「見た目を言うのは、よくないんじゃない？」

「あっ……ご、ごめんなさい」

「そんな風に見える、っていうのは、本人にはどうしようもないこともあるから」

諌めた。しゅん、イルマがうなだれた。

「分かってくれたらいいよ。だから、あんまり落ち込まないで。口がすべることは、誰にでもあるから」

「うん……」

「こんな状況だから、助け合っていこうよ。私も、協力するから」

真絢は言って、微笑んだ。微笑んで、見せた。

「えい」

そして表情の曇ったイルマのパーカーの、てるてる坊主の顔をしたフードを持って、イルマの頭にぎゅっと被せる。

「わうっ……」

「ふふ。可愛いフードだね。珍しい。他で見たことない」

「これは……お店で売ってない。ママが作ったから……」

「そうなんだ？　すごい」

雑に被せられたフードと前髪を整えながら言うイルマに、素直な賞賛の言葉をかける。

この日は、そうやってイルマと留希と話をし、元気づけながら終わりの時間がきて、『赤いマント』は見に行かなかった。

……これで、少しは『気にしてあげた』ことになるでしょ？

イルマたちと話しながら、真絢は『開かずの間』にいた惺の、澄ました顔を思い浮かべ、そう思った。

真絢は、この日。

初めて『ほうかご』で、『まあや』になった。

†

五回目の『ほうかごがかり』。

この日の『赤いマント』は、前回と変わりがなかった。

ただ一週間経っているのに、乾いている様子はなく、ぐっしょりと濡れそぼったまま。

まだ赤い雫を、ぽたりぽたりと、便器の中に落としている。

……………

†

「……!!」

リビングに、また赤い布がぶら下がっていた。

いきなりで、びっくりするが、それだけ。お母さんに変に思われることだけが困るが、それ以外に何かがあるわけではない。

「ただいま」

「おかえり。まあやちゃん、お仕事の話があるの。ちょっといい？」

「いいよ。なに？」

平静な顔で、お母さんに応対する。ある程度は心構えができているし、驚きを顔に出さないことにも慣れていた。啓が日に日に表情が険しくなって、追い詰められている様子を見ていると、この『赤いマント』は、楽なものを引き当てたのだろう。

「……」

お母さんは、いつもの完璧な身だしなみをした姿でソファーから立ち上がると、リビングの入口で立ったままの真絢を、しげしげと色々な角度から眺めた。

そして、

「よし、今日も可愛い。油断してないね」

しばらくそうした後で、うん、とうなずいて、そう言った。

「でも、ちょっとだけ肌の調子が気になるかな。ちゃんと寝てる？」

「寝れない日もあるかも」

「それはダメよ。お薬を飲んでもいいから、ちゃんと寝て。一ヶ月ちょっとぶりのお仕事だから、ちゃんと調子を整えておいてね」

「うん。わかった」

真絢は、素直にうなずく。

お母さんは、仕事が決まるたびに、こうやって真絢の見た目をチェックする。

ちょっと久しぶりの仕事なので、チェックも今までより心なしか熱心だ。仕事への執念のようなものを感じる。

お母さんは真絢のマネージャーを兼ねていて、仕事を取ってくるのもお母さんだ。毎日このリビングのソファーで電話をして、売り込みをしたり繋ぎを作ったり情報収集をしたりと、熱心に営業をしている。

でも、仕事がしばらく空いていたので分かるように、真絢は一線で活躍しているとは言い難い。なのでお母さんは、いつも焦っている。真絢はどちらでもいい。何とも思っていない。真絢にとって仕事は物心つく前から続けている習い事と一緒だ。真絢の仕事に熱心なのは、真絢ではなくお母さんの方だ。

真絢の母親なので、お母さんは美人だ。

若い頃はモデルやタレントが夢だったらしいが、家族が賛成せず、それでも大学に行ってから芸能活動に飛び込んだが、上手くいかなかったという恨み節を、それこそ物心つく前から何度となく聞かされた。

熱心なのは、お母さんだ。

お母さんが若い頃に欲しかったのに、与えてもらえなかった、得られなかった、たくさんのチャンスやあれこれを、せっせと真絢のため前もって用意していた。

ノウハウ、レッスン、親の協力。

今度こそ夢を叶えるために。

そして確かに、夢は叶った。一応。ほどほどといったところ。もちろんお母さんはそれに満足はしていないし、さらに上に行くために、そして何より滑り落ちないように、必死になっていた。

「……」

真絢からランドセルを受け取ってソファーの上に置きつつ、次の仕事について、あれこれ細かい注意を挟んで説明するお母さん。

その話を聞きながら、真絢はじっと、お母さんを見ていた。

お母さんと――――

それから、そのすぐそばで、だらん、と吊り下がっている赤い布を。

前とは違って消えず、しかしお母さんには見えておらず、何度も触れているがそれにも気づいていない様子の、濡れそぼった赤い布を。

ぽた、ぽた、とテーブルの上に、赤い雫が落ちている。

赤い水たまりになって広がっている。だがそれも、お母さんには見えていない。

「そんなわけだけど……ちゃんとできる？」

「うん」

真面目な顔で仕事での注意をきつく言い含めるお母さんの、右半分が、天井から下がる赤い布に埋まっている。

それで、赤い布が幻覚であることが分かる。

その様子を少しだけ滑稽に思いながら、真絢は真面目な顔を崩さず、素直な首振り人形のように、お母さんに返事をする。

………………

「聞いていい？　あの赤い布がぶら下がってるの、何？」

六回目の『ほうかごがかり』。

真絢は他のみんなが出ていった後に、それとなく一人残って、それから『太郎さん』に向けて訊ねた。

「知らないよ。キミからは『日誌』も提出されてないから、僕は詳しいことが何も分からないんだぞ」

横目に振り返って、不満げに答える『太郎さん』。

「そうでなくても最後まで何も分からないことだって普通なのに、分かるわけないだろ」

「そ」

真絢も訊いてみただけなので、それだけ言って、『開かずの間』を後にしようとする。それまでは、啓が出て行った後を心配そうに見やっていた惺が、そのやりとりを聞いて、困った顔をして振り向き、とりなすように『太郎さん』に言う。

「先生、見上さんがせっかく質問してくれたんですから……」

「分かんないものは分かんないよ」

ふん、と『太郎さん』は姿勢と視線を戻し、白髪の後ろ頭だけを見せる。その分かりやすい拒否姿勢を意に介さずに、惺はさらにもう一声押す。

「そう言わずに。何か連想した程度でもいいですから、何かないんですか?」

「……そんなの知っても何の役にも立たない。意味がない」

言い捨てる『太郎さん』。

「意味はありますよ。好奇心とか」

「ああ、キミはそうだろうね！」

惺の反論に、うんざりとした様子で『太郎さん』が声を荒らげた。

「でも先生。知識欲を満たすきっかけにするくらいしか、『無名不思議』の価値なんか一つもないじゃないですか」

「それは認めるけどね！　僕の手間賃は勘定に入ってないだろ！」

そう『太郎さん』は抗議するが、その抗議は惺の厚い面の皮に阻まれて届かなかった。しばらく『太郎さん』は小さく唸っていたが、惺が変わらずじっと見ているので、渋々といった様子でため息をついた。

「……連想するのは、『さがりものの怪』だね」

そして言う。

「さがりもの？　何です？　それは」

「ただ『何かがぶら下がってるだけ』という、怪異だか妖怪だかが昔からあるんだよ。それもなぜか全国に」

惺の問いに、『太郎さん』は答える。その間に、惺がジェスチャーで引き留めるので、真絢も足を止めて、とりあえず話を聞く。

「なにそれ」

「えーとな、山とか夜道を歩いてると、馬の首とか、馬の脚とか、火とか、ヤカンとか、袋とかが、こう、ぶらんと木からぶら下がるんだ」

説明する『太郎さん』。軽く上を見上げ、その辺りの空中を万年筆でなぞって、形態を表現して見せた。木にぶら下がっている、何かの形。

ピンと来ない様子で、惺が言った。

「はあ……ヤカン？」

「そうだよ。ヤカンとか、袋。それがぶら下がってる。本当にそれだけ」

そのまま答える『太郎さん』。惺は首を傾げているが、『赤いマント』をこの目で見てきた真絢は、その説明がそのまま呑み込めた。

惺が問う。

「それ、何の意味が？」

「意味なんか知らないし、そんなのないかもしれない。とにかくそういうもの」

質問は、切って捨てられる。

「とにかく、そういう妖怪がいる。馬のやつは『サガリ』、ヤカンは『ヤカンヅル』、袋は『チャブクロ』とか呼ばれてる。ただ驚かされるだけで他には害のないやつもいるけど、見ると病気になるとか、最悪死ぬとか、やばいのもある」

「なるほど……」

とりあえず、うなずく惺。

「確かに見上さんの『赤いマント』も、ぶら下がってるだけか」

そう言って、真絢を見た。

「だよね。どう？」

「……まあ、そう」

訊ねられた真絢は、少し複雑な思いで認める。

「あまり不安にさせることは言いたくはないけど、病気になるやつとかの可能性もあるから、油断はしないで」

「……」

まさにそう思ってしまったことを指摘されて、真絢は少し渋い表情になる。

そこに『太郎さん』が憎まれ口を叩く。

「『赤いマント』に一番近そうな『チャブクロ』は、病気になるやつだな」

「先生……」

ため息をつく惺。

真絢は言った。

「とりあえず、化け物に名前をつける人たちのセンスがないのはわかった。『チャブクロ』とか『赤いマント』とか、見た目だけでつけたあだ名とか、やってることが完全に低学年のやることだし」

ほぼ名指し。言われた『太郎さん』は、何の問題があるんだ、とばかりに言う。

「分かりやすいだろ」

「『赤いマント』、全然マントじゃないし」

「……」

「ただの赤い布だし。怪談の『赤いマント』とも全然違うし。そんなの一年生の男子がつける意地悪なあだ名と一緒だと思うけど」

「いや、あれは……」

しかし結局その先の反論はなかった。『太郎さん』をやり込めたことになるが、そんな風に人に物を言ったのは、ほとんど初めてだった。

真絢にとって、人と揉めるのは禁忌だ。

お母さんと揉めたくないから、他の人とも揉めるようなことはしない。そうでなくても勝手に揉め事は起こるのに。

それなのに、そこまで言いたいと思った、自分の中の動機が分からなかった。

真絢は黙り込んだ『太郎さん』と、愉快そうにする惺を見ながら、そこに立って、心の中で首をひねった。

「……」

「確かに見た目であだ名をつけるのは、子供のやることだよね」

惺が笑って『太郎さん』に言う。

「先生、言われちゃいましたよ」

「うるさいよ」

ふん、と不貞腐れる『太郎さん』。惺はその様子を見てもう一度笑うと、改めて真絢に向き直った。

「それにしても。見上さんは聡明で冷静だね。びっくりした。『ほうかご』でちゃんと話をするまで、そんな印象は全然なかった」

そして、そう言って真絢を褒める。

聡明？　そうなのだろうか？　初めて言われた。思えば真絢は、お母さんから「生意気な言動は慎むように」と言われているので、普段たくさん頭の中で考えていることをそのまま口に出したりはしないようにしていたし、それを褒められるとは思ってもみなかった。

新鮮な褒め言葉だった。

だが、そんな褒め言葉も、真絢の表面を素通りした。

聡明、冷静、印象——たぶん、結局、惺も他のみんなと大して変わらないことを言っているに違いない。聡明さも冷静さも、今までそうは見えなかったというのも、全部、そう見えるだけ。だとしたらどうでもいい。

自分に直接の害がない限り、お母さんが気にしない限り、真絢が他人にどう見られるかなんてどうでもいい。

褒めるのも結局、あだ名と大して変わりがない。

なのに、だとしたら、どうして反論なんかしたのか。

しばらく考えて、考えても分からず、そして話が終わって『開かずの間』を出て、『赤いマント』の前に立った時、そこで気がついた。

ああ、自分のことじゃないから、反論したくなったんだ。

と。

自分が言われることは、もう何とも思わない。なのにわざわざ『太郎さん』をやり込めたいと思ったのは、そしてずっと『太郎さん』に反感を抱いていたのは、『赤いマント』の名づけに引っかかっていて、それに納得していなかったからだったんだ、と。

この日。赤い布に、何も変化はなかった。

何も変わっていないのに。不安になるような話を聞いたせいで、前よりも何だか、不気味に見えてしまった。

†

5

朝のリビング。

見た瞬間、真絢の全身の肌に、産毛が逆立つような悪寒が駆け上がった。

「…………っ⁉」

変化していた。

リビングの真ん中に吊り下がっていた赤い布が、赤い袋になっていた。

何事もなく『ほうかご』から目を覚まし、『ほうかご』の証拠を全て隠して、最低限の身支度を整えてリビングに入ったその瞬間、天井から赤い袋が、ぶら下がっていた。ただそれは、今まであった赤い布が別物に変わったのではなく、今まで四隅のうちの一ヶ所だけがくくられていた布の端が、一つにまとめてくくられて、袋状になったものだった。

袋は、ぐっしょりと濡れている。

赤い濡れた袋が、萎びたように垂れ下がって、その先端から、ぽた、ぽた、赤い雫をテーブルの上に落としている。

目を見開き、息を呑んだが、辛うじて声は出さなかった。

出すわけにはいかなかった。リビングには、お母さんと、お父さんがいたからだ。

「おはよう、まあやちゃん。ちゃんと寝られた？」

お母さんが朝からしっかりと声をかけ、お父さんは一度視線を向けただけ。

二人とも、大きな赤い袋が真ん中に吊り下がったリビングで、しかしそんな異常など全く目に入っていない様子で、朝の時間を過ごしていた。

お母さんは忙しく朝の身支度と仕事の準備をしていて、珍しく家にいるお父さんはビジネスニュースと経済新聞に交互に目をやっている。モデルをしている娘のマネージャーと、まだ若い起業社長という、人からは羨まれる華やかな夫婦の朝。そんな光景の真ん中に、赤い袋がぶら下がっていて、お父さんの読んでいる新聞に、ぽたぽたと赤い雫が落ちていた。

「お、おはよう……」

その光景に一瞬動きが止まり、しかしすぐさま平静を装って、真絢は挨拶を返した。

そんな真絢をお母さんが不意にじっと見つめ——真絢は何か勘づかれたのではないかと

内心で動揺したが、お母さんは真絢の目の高さで、ぱんぱんと手を叩いて鳴らした。

「ほら、表情が暗い！　もっとにこやかに！」

促す。

「今日も可愛いんだから自信持って！　ほら、あなたも褒めてあげて！」

「ああ。今日もちゃんと可愛いよ」

「もう！　そんな適当に！　ほんとあなたは分かってないんだから！」

お父さんの褒め方が気に入らず、文句を言うお母さん。これでもお父さんは、二人だけの時

はもう少しきちんと真絢のことを褒めるのだが、お母さんが一緒だとその執着に触るのを嫌が

るように、褒め方が適当になる。

「もう、あなたは……あ、まあやちゃん、今日も朝ごはんは自分でお願いね」

「うん」

「怪我しないように気をつけてね」

「うん」

お父さんへの文句を続けるお母さんに、その片手間で言われて、真絢はいつものようにリビングと繋がっているキッチンへと向かう。

お母さんは、真絢が怪我をするのを——と言うよりも、モデルの肌に傷がつくのをとても嫌がるので、包丁のようなものを持たせてもらったことはない。バターを塗らなくても美味しく食べられる、お母さんがお気に入りの高級食パンを袋から出して、トースターに入れ、それから食洗機の中から大きめのコップと、冷蔵庫の中から野菜ジュースのボトルを、それぞれ取り出して、なみなみと注ぐ。

朝ごはんはだいたい、いつもこれだけ。

そのままトーストが焼き上がるのを、キッチンに立って待つ。

「あなたはもっと、ちゃんとまあやちゃんのことを見てあげて頂戴」

「わかってるよ」

使用頻度が少ないせいで綺麗なままのキッチンカウンター越しに、見えるリビングで、お母さんとお父さんが話をしている。

「君のコーディネートなんだから完璧だよ」

「もう、すぐそうやって適当に話を切り上げようとして……」

互いにテーブルに身を乗り出して、お母さんは経済新聞を脇にどけ、お父さんは手を伸ばしてそれを引き戻しながら、話をしている。

頭のすぐそばに、袋が揺れている中で。

したたる赤い雫で血溜まりのようになっているテーブルに手をつき、頭をべたりと袋に触れさせて、手と顔が血まみれになったような姿で、日常の会話をしている。

ぼた、ぼた、

したたる赤い雫。

袋から、テーブルから、二人の手から、髪から、顔を伝って顎から——真っ赤な雫が、血の雫が、ぼたぼたと、したたり落ちる。

ゆっくりと、真っ赤に染まってゆく二人と、床と、テーブルと、ソファー。

それから壁と、部屋。振りまかれ、飛び散る血。その中でぺちゃくちゃと話し続ける、お母さんと、お父さん。

部屋の中にあるものに、部屋の状況に、気づかずに。

自分がどんな状態かにも、気づかずに。

見えていない。袋があるのも、袋が血をしたたらせているのも。

二人には見えていない。袋が吊り下がったリビングと、その中で血まみれになりながら、それに気づかずに話している両親。

「…………」

血まみれの部屋で、血まみれになりながら、もう真絢には目も向けずに話し続けている両親の姿。それを眺めながら、真絢はうっかり気を抜くと引き攣ってしまいそうになる顔と、震えそうになる手を、静かに押さえつけていた。

朝からの――――『かかり』明けの朝からの、いきなりの、しかも逃げようのない状況でのこの光景。さすがに動揺を抑えられなかった。目の前の異常と、突然の変化と、昨夜知った不吉な情報は、混然となって、小さいながらも強固だったはずの真絢の心臓の器から、溢れそうになっていた。

両親によって目の前で繰り広げられている、この血みどろの、異様な光景。

今朝になって突然形を変えた、『赤いマント』の姿。

脳裏に浮かぶのは、昨夜の『チャブクロ』の話。

見てしまうと病気になるという、不吉な怪異。リビングに吊り下がった『赤いマント』は、明らかにそれに姿が近づいている。

もたらされるという、病気。死。

血がしたたっている。不浄と危害と死のイメージを色濃く伴っている赤い血が、リビングに、両親に、視界に、ぼたぼた、ぼたぼたと、したたっている。

「…………」

その悪夢か幻覚めいた光景と、とめどなく湧き上がる不吉なイメージに、今にも正気を失いそうになりながら、真絢は待った。

トーストが焼き上がるのと、両親の話が終わるのと——それからこの幻覚と自分の正気の、どちらかが先に終わるのを——真絢は、ともすれば過呼吸になりそうな自分の呼吸を抑えつけながら、そしてただにこにこと笑いながら、世界の全てが遠くなってゆくような感覚の中で、じっと、じっと、じっと、待ち続けた。

………………

…………………………………

†

家のリビングに、『赤い袋』がある週末。

病を呼ぶという怪異に、あまりにもよく似たそれが家に現れ——本当に病気になるのだろうか、何か不幸が起こるのだろうかと、そんな不安に満ちた週末を真絢は過ごしたが、土曜日が終わり、日曜日が終わっても、真絢もお母さんもお父さんも、病気になる様子はなかったし、死ぬこともなかった。

月曜日。平日になっても家のリビングに『赤い袋』はあり続け、そのまま一週間が過ぎ、金曜日に。それでも家族の誰も病気にはならず、死にもせず、事故などの他の不幸も、何も家族には起こらなかった。

人間は、慣れる生き物だ。

全く平気なわけではないが、慣れる。心配していた実害がないのならば、リビングに袋が吊り下がっていることと、その袋が赤い雫をしたたらせているという、その二つのことさえ真絢が無視すれば、何も問題なく暮らせるのだ。

だから、真絢は無視した。リビングに吊り下がっている『赤い袋』を。

お母さんやお父さんが、目の前にそんなものがぶら下がっているのに、全く気づかずに暮らしている様子を、無視した。

したたる血を頭から浴びているのに、全く気づかずに過ごしている姿を。

無視した。自分にだけ見えるものを、見て見ぬふりをした。

雨漏りのように血がしたたる部屋で、血まみれになりながら笑って過ごす異様な状態のお母さんとお父さんを視界に入れながら、それによって引き起こされる感情を、意識の外へと追いやって過ごした。平静を装うことには慣れていた。さすがにリビングにいる時間は減ったが、普段から家にいる時は自分の部屋にいることの方が多いし、平日は学校があって家にいる時間自体が短いので、さすがのお母さんも不審には思わなかった。

何も気づかない、お母さん。

真絢が身繕いにさえ気をつけて、笑顔を作っていれば、それに騙されて気づかない。

真絢が、その胸の内に隠し事をして、不安を抱えていたことには、気づかない。むしろ、そうやって何事もないように見せている真絢の仮面を見て、次の仕事への意気込みがあるとか、今回の仕事は気に入ったのかとか、真絢自身は思ってもいない内心ばかりを、分厚く被った仮面から勝手に見出していた。

のっぺらぼうの仮面から、みんな、真絢の中身を勝手に見出す。

そんなものありはしない、真絢の中身を、勝手に。

友達も、お母さんでさえ、みんな。それは真絢にとって当たり前のことだった。なのに、それなのに――――何故だろう。真絢は『赤い袋』と共にしばらく暮らした今、その当たり前のことが、だんだんと苦しく感じるようになっていた。

人間は、見た目だ。

その当たり前が、妙に苦しい。

お母さんだけではなかった。友達の言葉も。友達も、先生も。

それにイルマの言葉も。みんなが真絢に見出す〝中身〟が、それを真絢に向けて言葉にされることが、ひどく不快で苦しかった。

おかしい。

どうして。

今まで、こんなことは感じたことがなかったのに。

思った。もしかして、これが。

これが『赤い袋』がもたらした、病気なのだろうか？

†

七回目の『ほうかごがかり』。

袋になった『赤いマント』が、トイレの個室に吊り下がっていた。

でも、あれだけ不吉に見えていた、家のリビングに地獄のような光景を作り出していた『赤いマント』なのに。

薄暗い『ほうかご』の校舎の中にある、ぽつんと明るいトイレの、個室の中で静かに吊り下がっているそれを前にした時――真絢はなぜなのか、その光景に、ひどく心が落ち着くのを感じて、それまで心臓を満たしていた苦しさが抜け落ちたような気分になって――孤独の中で『赤いマント』と向き合って、ずっと、ずっと、ずっと――無心にその姿を、眺め続けた。

6

八回目の『ほうかごがかり』。

思えば、この『赤いマント』が、名前の通りだったことは、一度もなかった。

最初から全くマントではない布だったし、今に至っては袋になっている。ただそれらしいから、そうも見えるから、又聞きでそう聞いたからという、ただそれだけの理由で、そう名前がつけられた。

それは、当たり前のことで。

前後が逆なだけで、自分と全く変わりがなくて。

なのに。

それなのに。

いったい自分は、どうしてこんなに引っかかっているのだろう？

†

九回目。

この日、啓の『無名不思議』の絵が完成した。

「なるほど、『ドッペルゲンガー』ってことか。もう一人の自分を見ると死ぬ『ドッペルゲンガー』」

感心した様子の、『太郎さん』の感想が『開かずの間』に響く。

ずっと、ずっと、完成しないままだった。なので、最初に描きかけを見た時こそ驚いたものの、だんだんと興味を失っていた啓の絵は、こうして完成してみると、同じように思っていた全員の度肝を抜くほどのものだった。

「…………！」

写真ではないのに、知っている人間なら、一目でそれが学校の屋上だと分かる背景。緻密に描き込まれたフェンスと、凹凸さえ分かるコンクリートの床と、それらの質感。

しかし近くでよく見ると、それらは写真のように全てが描き込まれているわけではなく、省略と描き込みのグラデーションによって、そう見えるように仕組まれている。それは写真のようでありながら、明らかに啓の主観を通していて、そこからさらに啓の技術を経由して出力されたもので、啓の見ている世界の写しなのだった。

あまりにも上手い、暗鬱な情感さえ乗った風景。だが何より、特筆すべきなのは、描き込まれたそれらの風景を呑み尽くそうとするかのように、構図の奥から手前へと迫り来る、暗闇の暗さだ。

紙の上に描かれた平面でありながら、その中に落下してしまいそうな、深い暗闇。それはどんな絵具を使って、どうやって塗っているのか、絵を学んだことのない真絢たちからは、想像することさえできないものだった。

そして――――そんな景色と暗闇を背にして立っている、真っ赤な少年の姿。

その少年、『まっかっかさん』は、自分の頸にナイフを突き刺して、そこから流れ出す血で衣服と肌を、真っ赤に染めていた。

血を吸った布と、血で濡れた肌の、見ているだけでその感触と匂いを感じそうな表現。そしてそれをしている『まっかっかさん』の鬼気迫る表情と、そこに開いた洞穴のように虚ろな目は、これも一目見れば分かる、二森啓自身のものだった。

「なるほどなあ」

「…………」

誰もが二の句が継げなくなるほどの、圧倒的な絵だった。

怯むほどの圧倒的な雰囲気を、気配を、存在感を、その紙に描かれただけの絵は、見る者に向けて炯々と放っていた。

それはまさしく、『無名不思議』の気配。

この世のものではない存在の気配が、この絵にはまるで、絵具と共に塗り込まれているかのように、紙上に写し取られている。

明らかに『情報』が込められている。

これこそが『記録』でなくて、何なのか。

それを証明するものとして、『太郎さん』も言う。

「こんなに早く『無名不思議』が沈静化するとはね……」

「…………」

みんなが絵と、それから啓を見ていた。この自分と同じ小学生である啓が、この凄まじい絵を描いたという事実。そしてそれによって、ここにいる全員の心を悩ませ怯えさせている『無名不思議』という異常事態から一人だけ、ひと足先に抜け出したという事実。

それをした、特別な人間である啓。

みんながそれらを、羨望の目で見ていた。

真絢も、見つめる。目を見開き、口元を引き結んで啓と絵を見つめるその様子は、他の子がそうしているのと同じく嫉妬と羨望のようでいて——しかしこの時の真絢の心にあったのは、そのどちらとも違うものだった。

理解してしまったのだ。

真絢は、啓と絵を見つめながら、それらを見ていなかった。その向こうにある真実を見てしまっていた。

周囲の会話が遠くなり、時間から切り離されるような感覚の中にいた。

突然、真実の水底に引きずりこまれて、その深淵に到達してしまった人間の、思考と感覚の極北にいた。

「…………」

気づいてしまったのだ。

あの『赤いマント』が、いったい何なのか。

家のリビングに現れた『赤いマント』に感じていた、不快と焦燥の正体に。そして、一転して『ほうかご』で見るそれに感じ始めた、まるで自分の部屋にでもいるかのような、奇妙な落ち着きの正体に。

それの名づけへの、奇妙な引っかかりの正体に。

急に自分を取り巻き始めた、得体の知れない苦しさの正体に。

人間は見た目だという、ずっと受け入れていた、その当たり前が、急に苦しくなり始めた正体に。

そしてそれらの全てが、繋がっていたことに。

あの『赤いマント』は――――自分だと。

気づいたのだ。啓が、『まっかっかさん』を自分として描いた、その絵を見た瞬間に、真絢の頭の中で全てが繋がった。

あれは、自分そのものだと。

中身のない布。空っぽの袋。それが自分。鏡で自分の姿を見て恐怖する人間など、いるわけがない。

だから、真絢が『赤いマント』を見て、怖いと感じなかったのは、当たり前だ。だって自分なのだから。そして家のリビングの『赤いマント』を見て感じた怖気は『赤いマント』そのものに対して感じたものではなかったのだ。

その怖気は、血を流すそれと一緒に過ごしながら、全く気がつかずに普通に生活しているお母さんとお父さんの姿に対してだった。

真絢が感じた恐怖は、見えない血を流すそれと同じ部屋に、その血を頭から浴びるほど近くにいながら、それが全く見えずに普通に暮らし、平然と談笑している、お母さんとお父さんの様子への、嫌悪と絶望だったのだ。

あの袋は、自分だ。

見えない血を流す、中身のない、空っぽの袋。

家族に存在を気づいてもらえない、血を流す袋。

つまりそれは――――気づいてもらえない、血を流す、自分。

私。

私は。

気づいてしまったのだ。空っぽの人形でいるのは苦しいことだと。

ずっと、そうだったのだと。

自分で見ようとしていなかっただけで、気づいていなかっただけで、ずっと自分の心の中の袋は、ぼたぼたと出血を続けていたのだと。

小さな、幼い頃から、ずっとお母さんがそばにいたから気がつかなかった。

お母さんの望むようにして、お母さんの望むように振る舞って、お母さんの望むような子とばかり付き合って、常に心の中にあるお母さんの目から外れない場所にばかりいたから、気がつかなかった。

自分の外側しか見てもらえないのは、苦しいのだと。

ずっと中身を――本当はずっと湧き続けていた心の中のものを、捨て続けることで適応する、それだけの生き方は苦しいのだ。

それに気づいてしまった。

この『ほうかご』に来たせいで、気づいてしまった。

お母さんの目が絶対に届かない、この場所に来てしまったせいで。そしてそんな場所で、深く付き合うことを、お母さんならばきっと認めないだろう子たちと出会い、話をしてしまったせいで。

お母さんとは離れた自分。

それが許される、許されてしまっている、場所。

ありえないはずのそれが、実現してしまった。だから、気づいてしまった。だから、見えてしまった。

自分の中には、血を流す袋がある。

寂しく狭い、トイレの個室に閉じこもるように、ぽつんと吊り下がった、中に何も入っていない、血を流す袋がある。

お母さんにもお父さんにも、存在が見えない、存在を認められない袋。

それどころか自分にも見えない、そして見えてからも存在しないものとして扱われた、可哀想な袋が。

見た目から、勝手に『赤いマント』という名前にされた袋が。

いや、最初は袋の形にすらさせてもらえなかった、自分の中に何かを入れられるということさえ知らなかった、哀れな哀れな袋未満の布地が。

そうだ。だから、あの名づけに、どうしても納得できなかったのだ。

心の奥底で、この存在の最奥で、『赤いマント』が本当はどういうものなのか、分かっていたからだ。

そう見えるというのはそうではない。

当たり前のこと。

ずっと真絢の中では当たり前ではなかった、当たり前のこと。

真絢はずっとそう見えるかどうか、それだけの世界で生きてきた。なのに今になって知ってしまった。自分の中に、ずっと空っぽにしていた自分の中に、見た目とは別の、何かになりたい自分がいる。

「…………」

真絢は、じっと啓を見た。

啓と、彼の描いた絵を。この凄まじい絵を描き上げておきながら、そして『かかり』からの脱出にただ一人足をかけておきながら、啓はそれを喜ぶことも、誇らしげにすることもなく、むしろ敗残者のように、怪我をした左手を握りしめて、自分への賞賛と嫉妬を無感動に浴びている。

啓がそう見えるから、そう描いた絵。

見た目を写し取り、しかし見た目以上の本質をも写し取っている、絶技によって描かれた絵と、その天賦の技術の持ち主。

周りで進んでいる話の内容など、真絢はもう聞いていなかった。ただ、目の前に掲げられているその絵を見ながら、真絢が聞いているのは、自分の内から湧き続ける思考と独白の声ばかりだった。

そして、絵が仕舞い込まれ、話が終わって。

みんなが『かかり』を始めるために解散を始めた時、啓の前に立って、真絢は訊ねた。

「二森くん。質問していい？」

「………………」

話しかけられた啓は、ただうっそりと顔を上げて、真絢を見た。

「私をモデルにして、って言ったら、二森くんは描いてくれる？　もし描いてくれるなら、二森くんは、私をどんな風に描く？」

突然のその質問に、みんなが思わず真絢を見た。その視線の中で、啓は真絢を見上げたまま沈黙していたが、やがてしばらくの沈黙の後、その疲弊した様子からすると意外なほどはっきりとした目線と言葉で、真絢への答えを返した。

「……ただの肖像なら描けるけど、あれと同じように描くなら、できない」

そんな答え。

「見上さんは、表情から指先まで全部、見られるためにそうしてるように見える。僕の表現だと、見上さんは全身を薄い膜で覆ってるように見えるから――――あれと同じように描けるところはない。もしいま描くなら、白か何かで塗りつぶす」

「そう」

真絢はうなずいた。

「ありがと」

そのやり取りに、みんな少し戸惑ったような空気になったが、真絢は気にしなかった。啓の答えに心から納得した真絢は、妙な空気のみんなを残して、さっと一人、身を翻して『開かずの間』を後にした。

「見上さん……？」

イルマの声が背中に聞こえたが、振り返りもしなかった。

振り切る。部屋を出て、廊下を行く。薄暗い廊下を、足早に進む。誰にも見られていない表情が、自分で分かるほど強張っている。

「……」

そう。強張っていた。

納得した。

納得してしまったのだ。

啓が言った、今の言葉に。

『全身を薄い膜で覆ってるように見える』


啓が知るはずのないそれを、指摘された。

それは真絢が、今まで生きてきて、自分に対して、常に感じている感覚だった。

物心ついた時から、自分と世界の間に、一枚の薄膜が挟まっているような感覚があった。

常に感じていた。自分の感覚と、自分の意識と、自分の行動。それら自分と、世界との間に
うっすらと距離があって、そのぶんだけ自分にとって世界が遠いような感覚が、真絢には常に
付きまとっていた。

呼吸さえも、少し遠いのだ。

それが常だった。それが当たり前だった。

そう思っていた。だが他人から、啓から、それを指摘された途端。

異常なことだと突きつけられた途端。それが急に――――怖くなったのだ。


「…………！」

気づけば真絢は、急いで『開かずの間』から離れていた。

人の目から逃げるように。自分を見る人の目が、見られる自分が、急に怖くなった。自分が人に見られてはいけない病を抱えていたと知ってしまったかのような、あるいは自分が人間ではなかったことに気がついてしまったかのような異様な不安。

それに駆られて、無人の学校の廊下を、足早に進む。逃げる。

そして向かったのは、駆け込んだのは、あの女子トイレだ。真絢が担当する『赤いマント』が吊り下がっている、煌々と光が漏れる、あのトイレ。

今の真絢の知る限り、ここは世界で一番、人の目がない場所だった。普通の人間は『ほうかご』にはいない。そして中にいる『かかり』も、自分の担当していない『無名不思議』は基本的には避けて、関わらないようにするからだ。

最も誰も来ない、誰もいない場所に、真絢は逃げ込んだ。

そうしたかった。一人になりたかった。一人になって、そして。

洗面台の前に、一人で立って。

鏡の前でうつむいて、早足と不安と緊張で上がった息をしばらく整えた後――――真絢は顔を上げて、鏡に映る自分を見た。

拒否感。

瞬間、嫌悪に心を刺されて、鳥肌が立って、吐き気で口を押さえた。

「っ!?」

硬質で無機質な鏡の表面に映る、自分の顔。世間一般では完全に美人であるはずの、色白で整った自分の顔が――毎日時間を費やして肌の手入れをし、表情の練習をして商品価値を高めてきたはずのその顔が――まるで自分の顔ではないかのように感じて、強い拒否感に襲われたのだ。

それは自分の顔面に、自分のものではない人間の顔の皮が張り付いているかのような嫌悪感だった。真っ白で体温のない、見ず知らずの人間の死体の顔の皮が、自分の顔の皮膚にべったりと張り付いているかのような、鳥肌が立つような嫌な感覚だった。

いやだ。

自分じゃない。

自分を見て、そう感じた。

鏡に映っている、白い、死体から型取りしたデスマスクのような顔も、それが浮かべる取り澄ました表情も、なぜだか自分のものに思えなかった。

白は、お母さんの好きな色。

それが、顔を、手足を、べっとりと覆っている。

「嫌……‼」

目を見開き、自分の顔に、爪を立てるようにして強く触れた。自分の肌。しかしそれは、自分のものではない。薄い膜、一枚だけ遠い。どんなに強く触っても触れられず、どんなに撫で回しても、自分の顔に触れているという、確かな感触が感じられない。

それどころか自分の手にも、顔に触れている実感がない。

指先にも、手にも、白い薄膜がある。そのせいで、何にも触れられない。頭から足の先までの全身を、白い薄膜が覆っている。そして自分の感覚がその下に塗り込められて、閉じ込められている。

薄膜越しの、呼吸が重い。息が苦しい。酸素が足りなくて、窒息しそうだ。

喘ぐ。必死で息を吸う。だが肺の内側も薄膜で覆われていて、どれだけ息を吸い込んでも、酸素が肺の隅々に届かない。

「…………‼」

全身が、白に覆われていた。

肌も、内臓も、頭の中さえ覆っていた。体も、心も、思考も、魂も。

そして本当はあるはずの自分の色が、その白の下に塗りつぶされ、埋められている。

自分が見えない。感じられない。五感のどこにも、自分がいない。

見える自分、触れる自分の、全てが白。

自分の色は、どこにもない。

自分の色が分からなくて、気が狂いそうになる。

鏡に映る自分の顔も、自分がいるトイレの景色も、見える色彩は白ばかり。顔も、壁も、天井も、ドアも、全てが白。白。白。目に見える全てが白くて、それが自分を頭から覆って、溶かそうとしているように見えた。

真絢は喘ぎ、恐れ、そして追い詰められた。

白。

白。

白。

全てが白。悲鳴を上げそうになった。

だが、必死に色を探して走らせた視線が、鏡の中に見つける。

赤。

それは個室の中に、一つだけ吊り下がっていた。

それが目に入った途端、心に小さな安堵が広がった。赤い袋。それは一面の白い不安に、ぽつりと小さく染みた安堵で、だらりと濡れて垂れ下がったそれは、まるで白い肌を切り開いた中から露出した、内臓のように見えた。

白ではない色。

白の中から、はみ出した色。

ふと、目の前に手を出して、自分の肌を見た。

見比べた。思ったのだ。自分の、自分の、この白い肌を——お母さんが傷をつけないようにと厳しく言い続けたこの白い肌を——ああやって切り開けば、この下には自分だけの色があるんじゃないだろうか？　と。

「…………」

真絢は。

鏡を見つめたまま、小ぶりなバッグを探って、まず出てきた携帯を、洗面台に置いた。

そして次に、小さな笹の葉の形をした金属を取り出した。それは、真絢は『かかり』の武器がわりとして持ち込んだレターオープナーで――――真絢が怪我をすることに厳しいお母さんの目に辛うじて適って許された、真絢が持っている唯一と言っていい、金属製の刃物に準ずるものだった。

その先端を、目を見開いて、真絢は見つめる。

ペーパーナイフだ。肌の上を滑らせても、刃はないので切れはしない。

だが先端は、強く肌に押しつければ、刺さるくらいには鋭い。真絢はそんなナイフの先端をじっと見ていたが、やがて逆手に持ち替えて握りしめると、自分の手首に押し当てて、息を止めて、ぐい、と強く押し込んだ。

「ぎっ‼」

痛みが、手首に突き刺さった。

それは怪我をしないよう戒められていた真絢にとって、久しぶりに感じる痛みだった。

手首の薄い皮膚を、肉を、神経を、尖った金属が突き刺す、火のような痛み。その金属の先端が皮を破って、肉に食い込んで、中の神経と血管を引きちぎる。

だが――――その痛みは、真絢を覆う薄膜も破った。

遠かった現実感を貫いて、痛みはこの肉体と感覚に突き刺さり、真絢は自分が生きているのだという実感を、鮮烈な生の感覚を、物心ついてから初めて認識した。

初めて自分の身体が、自分のものになった感覚がした。

痛みは、もちろん嫌で恐ろしくて不快だが、しかしこの鮮烈な苦痛こそが、初めて真絢が感じた『自分』だった。

そして、押し込まれたペーパーナイフの先端から、じわりと色が染み出す。

押し込まれた皮膚の窪みから染み出して、目に見えない微細な表面の凹凸に沿ってうっすらと広がる、ぽつんと小さな、赤い色。

実感した。

あった。自分の中にもあった。

自分の色だ。自分の中から出てきた、痛みという実感と共に自分の中から湧き出した、これが自分の、自分だけの色だ。

「…………！」

生まれて初めて、色が、こんなにも鮮烈に見えた。

ペーパーナイフを手首から引き抜くと、ぽつりとした小さな傷から、血が流れた。ささやかなそれを凝視した。頭が、目が、その小さくも鮮やかな赤で、いっぱいになった。夢中になった。これが自分。これが実感。白い偽物の肌から、色と感覚が解放され、世界に直接触れていた。そう感じた。こんな自分のものではない肌を、今すぐにでも捨ててしまいたいとさえ思った。

そして、その時だった。

「ほしいいんだね？」

突然、自分しかいないトイレの中から、男のものとも女のものともつかない声がした。

「!?」

瞬間、びくん！　と硬直した。心臓が跳ね上がって、誰かいるのかと、鏡の中にある自分の背後に、思わず泳ぐような視線を向けた。

あるのは並んでいる空っぽの白い個室と、一つだけぶら下がる赤い袋。

誰もいない。鏡に映る隅々まで目を走らせるが、ただ白い景色があるばかりで、誰かがいる様子はない。

隠れられるような場所もなかった。

ただ、背後に、無人がある。

なのに、聞こえた。

間違いなく、この中から聞こえたのだ。

誰!?

何!?

ぶわ、と冷たい汗が噴き出す。

足の先から頭の先まで、鳥肌が駆け上がった。

息を呑み、しん、と耳をすませる。空気が冷たく張り詰めて、その中で鏡を、じっ、とただ凝視する。

「…………………………!!」

鏡の中の、自分の後ろに並んでいる、白いトイレの個室と、赤い袋。

じっ、と静寂の中、それを見つめる。

静寂。何も聞こえない。

気配もない。

誰もいない。

「……」

何もない。

緊張していた心と体から、少し、力を抜いた。

瞬間。


「、、、きせよ」

声がした。


「!!」

悪寒と共に、ばっ、と携帯をつかみ振り返った。

並んでいる、白い個室。

開け放たれ、隠れる余地などない個室の、全ての天井から、

ぬ、、ーっ、

とナ、イフ、を持った、赤、い手、が。

何本も何本もぶら下がった。

「ひっ」

……………………

………………………………………

悲鳴。

「…………………………!?」

7

女性の叫び声。それが聞こえた瞬間、『開かずの間』にいる人間全員の空気が、凍りつくように変わって、恐怖や不安でこわばった顔を、みんなが一斉に見合わせた。

自分たち『かかり』以外の人間が誰もおらず、放送のかすかなノイズ以外はあまりにも静かな『ほうかご』の空気だ。そのあまりにも心細い『ほうかご』は、そうでなくても恐ろしい人間の叫び声を、激烈なまでの毒に変え、聞いてしまった人間の心臓を一瞬にして恐怖に縮み上がらせたのだ。

「見上さん……!!」

全員が萎縮している中、惺が表情をこわばらせながらも顔を上げ、ここにいない人の名を呼ぶ。悲鳴は『開かずの間』の外から聞こえてきた。そして今、この『開かずの間』にいないのは、つい今しがた一人で部屋を出て行った、真絢だけなのだった。

一人だけ落ち着いて、胡乱げに振り返った『太郎さん』が言う。

「なんかあったな」

その言葉は、誰しもが抱いていた思いの代弁。つい今しがたのやり取りをしてすぐ、さっさと一人で出ていってしまった真絢の様子に、何か機嫌を損ねてしまったのだろうかと微妙な空気になっていた部屋の雰囲気が、一気に緊迫した。

「な、なに？」

イルマが血の気の引いた顔で、悲鳴の聞こえてきたであろう方向を見て、言った。

「誰が叫んだの？　見上さん？　だ、大丈夫なの？」

不安。心配。震えた声。すぐにでも確認したい様子をしていたが、しかし足が動かない様子で、そこに立ち尽くす。

「……見てくる」

惺がすぐさま立てかけてあったスコップを手に取り、部屋を出ようとした。その様子を、イルマと留希が不安と怯えとわずかな期待を宿した目で見て、そんな中で啓は、うつむかせていた顔を上げて表情を引き締め、後に続いた。

惺が短く警告した。

「啓、危険かも」

「わかってる」

啓がそう答えると、それ以上は止めなかった。

「……ごめん、正直助かる」

「いい。行こう」

そして出る寸前、啓は振り返り、菊を見た。屋上で助けてもらって以降、啓は菊に感謝していて、友達としても少し距離が縮まっていた。

「堂島さんは、二人を見てて」

イルマと留希を指して、啓は言った。

役割分担。だが菊はそれに対して、まっすぐ啓を見返すと、答えた。

「ううん、わたしも行く」

拒否するほどの理由はないので、啓も頷いて受け入れた。

「わかった」

「待って、置いてかないで！」

その様子を見て、イルマが悲鳴のような声を上げ、慌てて残りの二人がついて来て、結局全員で部屋を出る。

向かうのは、真絢の担当する『赤いマント』の出る女子トイレ。

確認に向かう。最初の日にそうしていたように、集団になって、ノイズと薄暗さに満たされている廊下を。

足早に。緊張と不安を引きずりつつ。

互いの足音と、無言と、呼吸の音を、緊張と共に聞きながら。

そうして――――一同は、校舎の端の方にある例のトイレが目視できる場所に、やがてたどり着いた。

そこには、

煌、

薄暗い廊下に、たった一つ、ぽつんと。

女子トイレの入口がただそこだけ、異様に明るく光っていた。

薄暗い外から見ると、中の様子は強い光に埋もれてしまって、白くかすんで、見て取ることができない。それほど強い、白々とした人工的な明かりは、この『ほうかご』ではあまりにも異物で、一目見ただけで、ここが異常な場所であると理解できる。

「…………」

それを目にした全員の緊張が強くなる中、近づいていった。

誰も、何も言わない。ただ向かう先に見える明かりを凝視しながら、ばらばらな、しかし一様にどことなく潜めた足音を立てて、進んでいた。

自分の呼吸の音の大きさに耐えられないかのように、だんだんと、呼吸も潜めて。

心臓の音ばかりが大きくなるのを聞きながら、全員が顔をこわばらせて、一塊になって、進んでゆく。

そして、

「…………」

やがて全員が、入口の前に立った。

真絢は、この中だろうか。しかし確認のためにここまで来たものの、啓たち男子は性別ゆえに、そして残る女子は恐れゆえに、すぐに中を覗きこむことができなかった。

全員の張りつめたような沈黙。誰もが沈黙の中で、奥の気配へと耳をそばだてた。だが中からは、誰も、何の音も、何の気配も、感じることはできなかった。

ただ、

しぃん。

と、無人の静けさ。

煌々とした光以外、全てが静止している空間。

しばらく無言が続いたが、おもむろに一歩、惺が前に進み出た。

そして中へと向けて、声をかけた。

「見上さーん？」

呼びかけ。

だが、返事は返ってこない。

ただ、冷たい静寂だけがあった。呼びかけた声は、中に広がるそんな静寂へと、吸い込まれていっただけで、すぐにまた元の静けさが満ちた。

もう一度、

「見上さん？　いる？　いない？」

呼びかける。

答えはない。しばらく待ったが、やはり、何の反応もない。

惺は難しい表情で、みんなの方を振り返る。そして抑えた声で言う。

「……………ここじゃないのかな」

その言葉に、みんなの不安が色濃くなった。

じゃあ、真絢はどこに？　張り詰めた空気の中で誰も言葉を発しないが、表情はありありとそう言っていた。少し考えた惺は、ポケットから携帯を取り出す。そしてみんなが見守る中で操作し、言う。

「どこにいるか、メッセージ送ってみる」

いつの間にか連絡先の交換をしていたらしい惺は、そう言いながら、真絢へとメッセージを送信した。携帯から送信音がして、またかすかなノイズ以外、周囲から音がなくなった。みんながら固唾を呑んで、その無音に耳をすませる。真絢からの返信が来るのを、みんな黙って待ち構えていた。

そして、数秒後。

ぽん。

と小さく、携帯の音が聞こえた。

しかしそれは、みんなが注視していた、惺の携帯からではなかった。

ばっ、と全員、一斉に、そちらを振り返った。

トイレの中。

凍りついた。誰の気配もない、トイレの中の無音から、惺の送信と対になる着信の音が聞こえて、全員が息を呑んだ。

この場の空気が、凍った。

みんなが凍りついて見つめるトイレの入口は、ただ煌々と明るい光を漏らしながら、変わることなく、嫌な静寂を満たしているばかりだった。

「…………」

何の、音もしない。

何の、気配もしない。

誰も、いる気配がない。

だが、いま惺が送ったメッセージが着信する音が、確かに中から聞こえた。

「…………」

凍った、沈黙。

最初に動いたのは、やはり惺だった。

持っていた携帯に目を落とし、もう一度操作する。そうしながら、惺はトイレの入口に再び目を向けた。周りから垣間見える携帯の画面の中では、電話機能が、番号の呼び出しを始めていた。

直後。

トイレの中から、電話の着信メロディーが流れ出した。

絶句。もう、否定の余地はなくなった。

惺は全員の様子を見た。小さく、遠く、どこか白々しく、着信メロディーの聞こえる入口を、凍りついたように見ているみんな。

この状況の不安さに、表情をこわばらせていた。

イルマなどは、もはやいつ叫び出してもおかしくない表情だ。

惺は決断し、みんなに呼びかけた。

「見てくる。悪いけど、僕も入って確認するよ」

そして、箒を抱いて立ちすくんでいる菊に、顔を向ける。

「堂島さん、立ち会える？」

「えっ……あっ、うん」

呼ばれて我に返り、慌ててうなずく菊。そして着信メロディーが響き続ける空間に、警戒しながら足を踏み入れた二人に、啓が無言で続いた。

残る二人が、状況に戸惑う。

「えっ。えっ……？」

それを背中に残して、三人が、中に踏み込む。

「…………」

中は、白い、冷たい、無機質な空間だった。

白々とした光に照らされた、冷たい空間。ただドアの開いた個室が並び、そのうちの一つの中に、三人が初めて見る『赤いマント』が吊り下がっていた。

赤い袋から、便器の水の中に、ぽたぽたと赤く血がしたたっている。それ以外は何もかもが停止している冷たい空間に、同じく停止した、冷たい空気が満ちている。

そして空気には――――おそらくその『赤いマント』の、錆びた鉄の臭い。

血の臭い。それがうっすらと、充満している。

そんな不吉な空間と空気の中に、ただ着信メロディーが、白々しく響いている。

剥き出しの携帯からの音ではない、抑えられて、くぐもった音。それが白い空間のどこかから、延々と聞こえている。

どこか遠く聞こえるそれを、三人が、無言で探す。

人はいなかった。掃除用具入れを開けてしまえば隠れられるような場所もなく、携帯という、この場所では明らかな異物になるだろう物体も、見当たらなかった。

ただ、着信メロディーだけが流れている。

三人はその音を、位置を、耳をすませて、探す。

ひた、

と耳をすませ、視線を巡らせる。

ひし、

と冷たい空気の中を、耳と目で、息を殺して追う。
そして——見つからないまま、音を探して視線を彷徨わせるうちに。
三人の視線は、いつしか、何も示し合わせたわけでもなく、同じ場所に集まっていた。

「…………」

音の聞こえている場所。そして、最も視線を引く場所。
それらは探るうちに、だんだんと、自然と集約して——気づけば三人は、一つの個室の前に並んで集まって、中に吊り下がるものを凝視していた。

赤い袋。

三人は、目を開いて息も忘れ、いつしかそれを見つめていた。

みんな何も言わず、ただ立っていた。それはみんな、いま自分が見ているものが理解できない、いや、理解したくない、信じたくない、そんな沈黙で、動くことができずに、ただそこに立っていた。

着信メロディーは。

ぱんぱんに膨れて血をしたたらせる袋、その中から聞こえていた。

水っぽく柔らかい何かを中に詰め込んで、重く吊り下がっている、赤い袋。はち切れそうに膨れ上がった中身から、じわじわと染み出して表面を濡らしている血が、布地を伝って底に溜まり、玉となって落ちている、その厭な袋の中から、くぐもった着信メロディーは聞こえていた。

「…………………」

重く冷たい沈黙の中、メロディーだけが、空々しく響く。

白々と明るい、白い無機質な空間の中、ただ一つだけ生々しく吊り下がる袋から、機械的なメロディーがただ流れる。

背後で音がした。足音が二つ。

あまりにも長い沈黙と停滞に耐えかねて、外にいた残りの二人が、恐る恐る様子を見に中へと入ってきたのだ。

「……ね、ねえ」

そして、イルマが声をかける。

「見つかった？　ねえ……どうしたの？」

問いかける。だが前に立つ三人とも、何も答えない。振り返りもしない。

「…………」

「ねえ」

沈黙。その異様な様子に不安に駆られ、焦れたイルマは、前に出た。

そして三人の立つ隙間から、個室の中に吊り下がる『赤いマント』を見て、その場違いな物体の奇妙さに呆然と立ち尽くして――――しばらくそれを眺め、着信メロディーをただ聞いていたが、やがて長い空白の時間の後にようやく全てを理解して、

「————————————————————っ!!」

心が壊れるような、恐怖と悲嘆に満ちた、この閉じた空間に響き渡る、凄まじい絶叫をその喉の奥から上げた。

『元は墓地』

多くの学校で、その敷地が元は墓地だったという噂がある。
怪談話の原因として語られる。
事実である場合もある。

四話

1

夜、真っ暗な学校の女子トイレに明かりがついていることがある。

その時に中に入ると、個室の中に『赤い袋』がぶら下がっている。

もしも、それを見てしまうと。

殺されてバラバラに切り刻まれて、その人も赤い袋の中に詰められて、個室の中に吊るされてしまう。

†

「ひっ、ひっく……ひっ……く………」


すすり泣きの声が、真っ暗闇のグラウンドに響く。

その声と共に断続的に響くのは、硬い土をスコップが掘り返す音。覆い被さるような重い闇が垂れ込める空の下、校舎の窓と、学校の外周に点在する街灯の明かりによって、辛うじて視界が通る『ほうかご』の学校のグラウンドに、五人の少年少女が立って、沈鬱に地面を見つめていた。

見つめられているのは、惺がスコップで掘り返しているグラウンドの地面。

全員が古めかしい制服を着ているので、その光景は異様に儀式的。イルマがすすり泣き、留希がうつむき、啓が懐中電灯で照らす中、惺が『ほうかご』で武器がわりとして持ち歩いていたあのスコップを、黙々と地面に突き刺している。

「…………」

がりッ。がりッ。砂利混じりの硬い土を、金属が叩く。

止まないすすり泣き。そのどちらの音も、五人の重い無言と、この学校を取り囲む厚い暗闇の中に、鬱々と、虚ろに、無慈悲に、拡散して消えてゆく。

そんな静謐の中で、作業は続く。

穴掘りが続く。あまりにも硬く突き固められているグラウンドの土は、スコップの鋭い先端をもってしても、なかなか掘り進むことができず、作業は遅々として進まない。

だがそれでもやがて、手首まで入る程度の穴が出来上がり、惺は作業をそこで止めた。

そして一度大きく息を吐いて、呼吸を整えると、控えていた菊に目をやって、促すように手を出した。

「堂島さん」

「……」

菊が無言で進み出て、ずっと抱えていた木の棒を手渡す。

それは掃除に使うモップの柄をノコギリで切って十字架の形に結わえたもので、受け取った惺はそれを地面の穴に差し込み、体で支えながら、片手でスコップを使って穴を器用に埋め戻した。

掘り返した砂利混じりの土と砂を戻し、足で踏み固める。

そうして次に、留希の方を向いた。

「じゃあ、ここに」

「う、うん……」

留希は控えている間、ずっと遺影のように、一冊の帳面を胸に抱えていた。

それは『かかり』の日誌帳の表紙。その表に貼られた白いシールには、一人の少女の名前が書かれている。


『見上真絢』


その日誌帳を、留希は前に出て、そっと十字架の足元に立てかけて、置いた。

わずかに震える手が日誌帳から離れて、留希が一歩さがる。そして啓が向ける懐中電灯の光に照らされたそれを、沈痛な表情で、全員が見下ろした。

「せめて持ち物だけでも見つかってたら、本人のものを埋めてあげられたんだけど」

惺が淡々と、しかし悲しげに言う。

そしてスコップを自分に立てかけて、この出来たばかりの簡素な墓標に、神妙な顔で手を合わせた。

「ごめん」

呟くように、惺。

菊も続いて胸の前で手を組み、強く強く祈りを捧げた。

何も埋まっていない墓へと。

真絢の亡骸は、人間一人が、それもおそらく内臓くらいまで形のなくなった一人分の人間が入っているだろう赤い袋は子供には手が出せず、やむなく残してきたのだ。

そんな周囲には、数十とも数百とも知れない、無数の、同じような手作りの墓標が立ち並んでいた。

墓地と化しているグラウンド。

いま祈りを捧げている二人以外にとって、初めてその正体の知れた墓地。少女のすすり泣きが、哀しく響き続けた。

……………

†

緒方惺は、墓掘りの役目を『シノさん』という去年の六年生から引き継いだ。

少なくとも自分ではそう思っている。背が高く、ボブカットに鋭い目、膝や肘に革の補強が当たったデニムジーンズとデニムジャケットを着込んだシノさんは、いま惺がそうしているようにスコップを武器がわりとして携えて、どんな異常事態にも一歩も引かない、勇気というよりも蛮性や破滅性に近いものを持っている女子だった。

無愛想で言葉づかいも乱暴で、ほとんど不良少女のような印象だったので最初はみんな避けていたが、誰もやりたがらない役目を黙って率先して引き受けるので、気づくと誰もが頼りにしていた。

そして、その『誰もやりたがらない役目』の最たるものが、『墓掘り』だった。

この『ほうかご』で、『無名不思議』の餌食になった『かかり』の子を埋める仕事。誰かがやるべき仕事で、本来なら犠牲者が出た恐怖と悲しみに包まれたみんなが、しばらくして互いに声をかけながらのろのろと仕方なく着手するこの仕事を、シノさんは何も言わずに自ら引き受け、それをみんなが手伝うことで、去年の『かかり』は犠牲者の弔いが確実に、もたつくことなく行われるようになった。

シノさんは、今の惺と同じく、五年生で『かかり』に選ばれた。

一昨年の唯一の生き残り。だからこそ、やらなければならない事を知っていた。

同じように五年生を生き残った惺も、同じようにしたいと思った。だから惺は、こうしてスコップを自分の武器がわりにした。

シノさんは、本人は絶対に認めないだろうが、人のために生きることができる人だった。

惺は人のために生きたいと願っている人間だった。だからこそ惺は、シノさんの在り方を尊敬していた。

そして——望み通り、惺は仲間の最初の墓穴を掘った。

思っていたよりも、はるかに早く。


「……一つ、みんなに黙ってたことがあるんだ」


惺が、『開かずの間』でみんなに向けて言う。

「落ち着いて聞いてほしい。去年の『かかり』は、七人のうち四人が死んだ」

「!!」

その言葉は、悲嘆と恐怖と動揺によって、沈鬱な空気に沈んでいた一同の中に、爆弾のように投げこまれた。

「これを最初に言ってもパニックになるだけだと思って、黙ってた。ごめん」

「…………‼」

「いずれ、みんながもう少し『ほうかご』に慣れたら言うつもりだったけど、すぐに啓のことがあって、タイミングを逃してしまった。本当なら、あの後すぐにその話をして、改めて注意喚起をして、見上さんも止めて、ちゃんと話を聞かなきゃいけなかった」

頭を下げる惺。

「だから、改めて言うよ。『ほうかごがかり』は、毎年半分以上が死ぬ」

「…………………………‼」

その言葉に、みんなが絶句した。

あの無数のお墓に真絢のものが加えられた時点でみんな薄々察していたようだが、ここで伝えられた現実は、その想像よりもはるかに悪いものだった。

惺、啓、菊、イルマ、留希、そして真絢。

今日一人死んだ。そしてまだこれから今年中に、少なくとも半分が死ぬ。

この中から、半分だ。

みんながお互いを見た。いま生きて目の前に立っているみんなと、いま考えて動いている自分のうち、半分が、そうでなくなる。

動かなくなる。話さなくなる。いなくなる。

目の前にいる友達が、知り合いが、あるいは自分が、命を失って、冷たい肉の塊に変わってしまう。

想像する。それも、いつそうなるか分からない。

誰も真絢の死など想像しなかったのに、突然この日、真絢は死んだ。

誰が見ても追いつめられていた啓も、誰よりも怯えていたイルマも、まだ生きている。なのに、何も恐れない女王のようだった真絢が、突然死んだのだ。

いつ、誰が。

いつか、誰かが、ああなってしまう。

それを現実として肌に感じながら、五人がそれぞれ怯えや恐れや覚悟や諦めの入り交じった表情で、互いを見る。そうしていると『太郎さん』が、いつものように部屋の奥の椅子に座って背を向けたまま、付け加えて言った。

「ついでに言えば、全滅する年も、普通にあるからな」

「……！」

「そろそろ余計な希望がなくなっただろうし、言ってもいいと思うから言うけど、残された記録と僕が見てきた限りでは、『かかり』が生きて『卒業』できる割合は三分の一を切る。

去年は六年が全員死んで、誰も『卒業』できなかった。それでも全体で見ると、三人も生きてたのは上出来な方だ。今回は確かに、滑り出しはよかった。経験者も多かったしね。でもそ

ろそろ、現実は見えてきたかい？」

淡々と嫌なことを言う。こういう時に、よく「先生……」とたしなめる惺も、今に限っては何も言わなかった。

その重い沈黙が、事実であるという実感を強くする。

自分たちは殺されるのだという事実。意味不明の化け物に、『無名不思議』に、殺されるのだという現実。

信じられない。信じたくない。でも。

真絢はああなった。どれだけ否定しようとしても、考えないようにしようとしても、どうあがいても、見てしまったあの事実に戻ってしまうのだ。

「だからキミらは、助かる確率を少しでも上げるために、ちゃんと『かかりのしごと』をするんだ」

重い沈黙に向けて、無慈悲に言う『太郎さん』。

「結局それが一番だ。それが一番希望があるし、駄目だったとしても少しは弱体化する。それで、その『少し』が最終的に、巣立った『無名不思議』に襲われる子供の数を減らすんだ。そうすれば死んだとしても、きっと最後には天国に行けるだろうさ」

この中では一番天国なんか信じていなさそうな皮肉屋の言葉は、もちろん何の慰めにもならず、反発さえ感じさせて、部屋の沈黙の重さは増すばかりだった。

「さ……」

泣き止みはしたが、ずっとうつむいて押し黙っていたイルマが、顔を上げた。

「最初から……最初から言ってよ……！　『しごと』をやらないと死ぬって！　そうしてくれたら、ボクも真面目にやったし、見上さんも……」

白髪の背中を睨みつけて、イルマは抗議する。

「見上さんも、あんなことにならなかったのに……！」

「いいや。最初に言っても、絶対信じなかったね」

だがそれを、『太郎さん』は、背を向けたまま一蹴した。

「最初に教えても、信じないか甘く見るかするし、信じても何もしない奴もいるし、最悪の場合はパニックになって、何かとんでもないことをしでかすんだ。

僕は経験者だからよく知ってる。キミみたいな子は何人も見た。ああ、結果論として今回は失敗だったし、二森くんのことでバタバタして、言うのが遅れたのは認めるよ。でも見上さんに危険の兆候があったかもしれないのを見逃したのは、見上さん本人が『かかりの日誌』の提出をしなかったからだし、二森くんがいきなり危険な状態になったのも、見上さんがいきなりあんなことになったのも、例年に比べたら明らかに早いんだ。言いわけになるけど、今年は大荒れなんだよ。

僕だって頭を抱えたい気分だよ。でも予想なんかできないし、そもそも全く荒れない年なんてのも、一度もない。せいぜいマシか最悪かの間のどこかだよ。で、ただでさえ毎年そんな感じなのに、毎年毎年、最初のスピーチで『君たちは死ぬんだ』なんて話をして――そのたびに大喧嘩とか、パニックとか、それどころかもっとひどい大事件の引き金を引いてから一年をスタートするなんていう、地獄みたいなことをしろって？　そんな趣味は、悪いけど僕にはないね」

一気呵成に言って、そして、つん、と突き放した。

「…………っ」

イルマはしばらく、そんな後ろ姿を悔しそうに見ていたが、やがて顔を伏せた。

また、重い沈黙が落ちる。しばらく、そんな最悪な雰囲気が続く。

そうしていると『太郎さん』は言い訳するように、小さく付け加える。

「……まあ、二森くんの経過と結果を見て、僕もつい、希望を持ったのは認めるよ」

ぼそりと。

「それは確かに僕のミスだった。キミら全員が希望を持ったとしても、僕だけは希望を持ったらいけなかった」

背を向けたまま言って、恥じるように。

「何年やってるんだ、って話だよな」

その懺悔に、理解の表情を浮かべたのは、惺だけだった。また沈黙が戻ろうとしたが、そこで今まで押し黙っていた留希が、おずおずと口を開いた。

「あの……これから、どうなるんですか？」

小さく手を挙げて、留希が口にしたのは、そんな質問だった。

「うん？　どうなる、ってのは？」

「見上さんは、『かかりのしごと』に失敗したんだよね？　そうしたら、『赤いマント』は、どうなるの？」

その質問に、『太郎さん』がようやく少しだけ振り返った。

「だからその、どう、ってのは何を言ってるんだ？」

「え、えっと……担当する人がいなくなった……あの、『赤いマント』は、これから人を襲い始めるの？　かな？　と、思って……」

横目を向けて、先をうながす『太郎さん』。それからみんなから向けられた注目に、留希は戸惑いながらも頑張って言葉を探して口にした。

「ぼくらも、もしかして、危なかったりするのかな？　って……」

「……」

胸の前で指を組み、視線を落として、自分の不安を言葉にする留希。その内容に、イルマがびくりとし、そして聞き終えた『太郎さん』は、気を落ち着けようとするかのように大きく息を吐いてから、改めて回答した。

「担当者のいなくなった『無名不思議』は、確かに危険度が上がるよ」

「……っ」

留希がその答えに、小さく息を呑んだ。

「ただ、危険なのは『かかり』じゃない。昼に学校に通ってる普通の子だ」

「っ⁉」

今度はみんなが息を呑む。すでに過去の状況を知っている惺と菊も、改めて表情を厳しいものにして、それぞれ頷き、うつむいて見せた。

「僕が知ってるほとんどの例では、『かかり』は担当者のいなくなった『無名不思議』がいる場所に行きさえしなけりゃ、何もない。奴らはこっちには興味をなくす」

背中を向けたまま言う、『太郎さん』。

「何でかと言うと、巣立った『奴ら』は、昼に向けて嘴を伸ばすからだ。巣立った鳥が、わざわざ巣の中で餌を待ったりするか？　こんな、餌になるのがたった七人の僕らしかいない『ほうかご』なんかじゃなくて、もっとたくさんの、百人以上の餌がいる新しい餌場が隣にあるんだから、そっちの方に行くだろ」

肩をすくめるように両手を広げて、偽悪的に。それを聞くみんなの脳裏には、自然とある光景が浮かんでいた。

真絢の身に起こった、あの光景だ。

そしてそれが、知らない子供たちを襲う光景だ。

開いたドアが並んでいる、女子トイレの個室の光景。そしてその全ての個室に、ぱんぱんに血と肉の詰まった赤い袋がずらりと吊り下がって、便器に溜まった水の中に、ぽたぽたと赤い雫を落としている光景。

「うっ……」

イルマが、口元を押さえた。

留希も顔色を青くしながら、それでも『太郎さん』に訊ねた。

「じゃあ……明日から、あんなことになるの？」

答える『太郎さん』。

「いや、すぐにじゃない。でもだんだんとトイレの『怪談』が噂されるようになって、そのうち犠牲者が出るようになる」

その答えに、留希は続けて質問する。

「な、何人も？」

「場合による」

「ずっと？」

「それも場合による。何でかと言うと、そうやって巣立った『無名不思議』は、何でかほとんどが短期間で消えるから」

えっ？　と留希だけでなく、啓やイルマも不審げな顔をした。

「え、消える……？」

「そう、消える。『奴ら』は巣立ったものの中の、ほんの一部だけが力をつけて、本物の『学校の怪談』に成長して、全国に拡散する。だけど他は消える。一年もたない。早ければ、一ヶ月ももたない。ただ、そうやって短期間で消えるものでも、消えるまでの間に、何も知らない学校の児童が何人か犠牲になって、その犠牲は戻らない」

一瞬、希望かもしれないと思った。だが『太郎さん』の答えた内容は、あまりにも虚無で無意味で、あまりにも浮かばれない話でしかなかった。

イルマが、押し殺した声を絞り出した。

「そんな、そんなの、意味がないじゃない！　無駄な……！」

「そうだよ。ただむごいだけの、何の意味もない、無駄な犠牲だよ」

それをただ肯定して、『太郎さん』も重ねて言う。

「だけど、その犠牲を少しでもマシにできるのが『かかり』なんだ。それなりに『記録』された『無名不思議』は、巣立った後にも犠牲を出すほどの力を発揮できずに、そのまま消えてしまうことも少なくない。そうすれば、無意味な犠牲者は減る。僕らが目指す、ベストには届かないベターがそれってわけだ。どうせ同じ死ぬなら、そっちの方が良くないか？　はるかに意味があって、はるかにマシだと思わないか？」

無慈悲な、『太郎さん』の結論。

それは無慈悲な、『先生』の正論。

「…………っ！」

イルマが、肩を落とした。

また話が途切れる。しかしそこで、今までずっと黙って話を聞いていた啓が、おもむろに口を開いた。

「質問いい？」

「……どうぞ」

ずっと長々と喋っていたのが途切れて、疲れが出たのか面倒くさそうに、だがそれでも応じはする『太郎さん』。

「思ったんだけど、いくらなんでも今の世の中で子供が死んだら、結構な大事件になるんじゃないか？」

啓は言った。グラウンドで真絢の『葬送』をして以降、ずっと一人で考える様子をしていた啓の質問が、それだった。

あの絵を完成させ、それによって魂をすり減らしたように、今日はずっと情動と挙動がどことなく鈍かった啓。だがそのぶん、この混乱の中でもどことなく他人事のような冷静さを残して、啓は指摘した。

「おかしくないか？　あんたや惺の言うように毎年何人も『かかり』が死んでるなら、さすがに大事件になると思うんだけど」

それは、至極真っ当な意見。

「でもそんな話、一回も聞いたことがない。見上さんのことも、さすがにこのままだと、行方不明ってことで、事件になると思うんだけど」

留希とイルマが、「あっ」と初めて気づいた顔をする。

だが、それにも説明が厄介な事情があった。

「……啓」

惺は、どう説明したものかと悩んで眉を寄せ、口を挟んだ。

「ええと、これからそれを説明するけど……」

「後でいいだろ」

だがそれを遮って、『太郎さん』が言い放った。

「え」

「どうなるかは、『ほうかご』から帰ったら、すぐわかる。ここで説明するより、実際に見た方が早いだろ」

その提案に、惺は躊躇った。

「先生……」

「少なくとも僕はその方が楽だ。違うか？」

だが、躊躇いながらも、うっそりと振り返った『太郎さん』と目を合わせているうちに。自分もすでにひどく疲れていることに気がついて。惺は小さくため息をついて。仕方なく同意して、うなずいた。

2

「十で神童、十五で秀才、二十歳過ぎればただの人、って言葉があってなー」

授業中。

啓が席につく静かな教室に、担任のネチ太郎の声が響く。

「覚えとけー。そろそろお前らも大人を馬鹿にし始める歳で、ここにいるお前らの半分以上は俺のことも馬鹿にしてると思うけど、お前らが賢くて凄いのはただの勘違いで、今だけの一時的なもんだからな。子供は可愛い可愛いっていいとこだけ見てもらえて、何やっても凄い凄い言われて、でも、それでそれをうっかり真に受けちゃった単純な奴が、大人を馬鹿にするようになっちゃうんだよな。可愛さがなくなったらお前ら、今みたいに大目には見てもらえないからな。すぐにお前らもでかくなって、だんだん特別感がなくなって、ふっと気づいたら、馬鹿にしてた大人と同じになってるんだぞ」

そんなクラス担任のいつもの説教に、教室の空気は微妙だ。大半は反応に困るか、反発を覚えているか、ろくに聞いていないか。啓はその中では最後のグループに当たる。授業中、ふと目について気になったものや連想したものを、半ば無意識で落書きする癖があって、今日もノートにぼんやりと、落書きの鉛筆を走らせていた。

いま描いているのは、黒板だ。

板書を書き写しているのではない。黒板のある教室の前方を丸ごと、板書の内容から、それを書いた先生から、壁の掲示物まで全部、ノートのページの下三分の一ほどに、ミニチュアのように小さく写し取っているのだ。

正確だがバランスは考えられておらず、部分によって描き込みが異様に緻密であったり、最低限であったりする。そんな上手いがアンバランスな、手すさびで描かれている落書きが、啓のノートには、大半のページに描かれている。

「…………」

啓は、日常に帰ってきた。

大変な事件の起こった『ほうかご』から戻った啓は、登校しても——いや、学校に来たからこそ、勉強に集中できない、落ち着かない時間を、ずっと過ごしていた。

見た目こそ全く同じではないが、場所は間違いなく、あの出来事のあった場所だ。その中に身を置いて、引きずらないわけがない。頭の中はいつでもあのことを考えてしまうし、授業中でもつい視線は窓の外に、今は何もない、グラウンドの一角を向いてしまう。

そして脳裏には——トイレに吊り下がった『赤い袋』の姿。

重く、明らかに何らかの形をとどめていない水っぽいものが、破裂せんばかりに詰まって膨れ上がっている真っ赤な布袋と、その袋からしたたる血と、充満する血の臭い。

それらが焼きついたまま、啓は、みんなは、帰ってきた。

見上真絢の死という恐ろしい事件をその身に焼き付けて、その結果を見るために、啓たちは学校に戻ってきたのだ。

そして、啓たちが見たのは。

何の騒ぎにもなっていない、平穏そのものの学校だった。

ニュースになっていない。全校集会どころか、先生から何か話があるわけでもない。

事件があったという噂もない。真絢がいつも一緒にいる友達グループの女の子たちも、特に真絢のことを話題にするわけでもなく、ただいつものように、テレビやネットやファッションの話を——よく見るといつもより少しだけ退屈そうに——教室にたむろして、かしましく話しているだけ。

誰も、何の騒ぎにもしていなかった。

何もなかったかのように。

何も起こっていないかのように。

何もないかのような平穏。だが、変化がないわけではなかった。

教室に、真絢の席がなくなっていた。

真絢がいたはずの席には他の子が座っていた。そして席の列は一つぶん不自然に詰まっていて、いつもそこに集まっていた真絢の取り巻きは、集まる場所を、他の子の席がある場所に移していた。

なくなっているのは席だけではなかった。教室の後ろの棚もだ。

貼られている名前がなくなっている。そして壁に貼ってあるクラス全員の習字も、真絢のものが消えていて、それが当たり前のように並びも変わっていた。

見上真絢は――いなくなった。

失踪ではない。行方不明ではない。最初からそんな人間はいなかったかのように、存在とその証拠と痕跡が、学校から消えていた。

一体どうなっているのか、何が起こっているのかを、詳しく確認する術を、小学生の、さらに言えば別のクラスの男子にすぎない啓は持っていない。だから分かるのはそれで全てだったが——それでも明らかに何か尋常ではない事象が起こっていることだけは、そんな啓にもはっきりと認識できていた。

真絢の存在が、消えている。

今朝、登校して以降、見てきたものを踏まえると、そうとしか思えなかった。

明らかに異常なことが起こっている。

人が死ぬよりも、異常なことが。

†

「……うん。みんなが見て理解した、それで正しいよ。『無名不思議』に殺された子は、存在自体が消えてしまうんだ。いなかったことに、なる」

授業が終わった、放課後。

何が起こったかに説明を求めて、あるいは説明をするために、五人はそれぞれお互いを探して自然と集合し――――そしてそうやって集まったみんなを前にして、惺は神妙な表情で、重々しくそう言った。

校舎の外。建物の陰になって、周りからは見えづらい場所。昼休みになると、お喋りする子供たちがよく溜まっている場所に、今は『かかり』の五人が集まって、惺の言葉によって静かな緊迫を広げていた。

「…………」

みんな、真絢のことがどうなっているか、それぞれの目で確認した。

そして、目の当たりにした異常事態に対して、それぞれが一日かけて出した結論を、今この場で惺は肯定した。

「『太郎さん』は、あの状態を『喰われた』と表現してた」

「…………」

表情を硬くするか、歪める一堂に、惺は言う。

「『無名不思議』に殺されるのは、単純に死ぬわけじゃなくて、存在を怪談の一部にされてしまうんじゃないか、っていうのが『太郎さん』の考えだった。怪談には犠牲になる登場人物がいる。『無名不思議』に殺されると、『それ』になるっていうこと。そうやって犠牲者は存在を怪談の養分として吸い取られて、怪談の一部にされる。代わりにこの世界からは消えてしまうんじゃないか、って」

「…………」

その説明は、あまりにも不気味で、あまりにも不可解で、あまりにも怖ろしく――そして『ほうかご』を経験している五人にとっては、こんな異常で現実離れした話であるにもかかわらず、あまりにも生々しく真に迫っていた。

死ぬだけでなく、この世から消えてしまう。

消えて、怪談の一部になる。

その想像に、ショックを受けて口もきけないイルマ。

同じく自分の体を抱くように腕をつかんで、下を向いている留希。

そして。

「……生贄みたいだな」

啓が、ぼそりと言った。

それは単なる感想に違いなかった。だが惺は、それも肯定した。

「たぶん、それも正しい」

「え？」

思わず惺を見る啓。

「ある意味では、だけれど、それで正しいと思う。僕らは例えるなら、ミノタウロスの迷宮に入れられた生贄みたいなものだと思うんだ」

「ミノタウロス……？」

惺の言葉を繰り返して、つぶやく啓。それはギリシャ神話の、牛の頭に人の体をした凶暴な怪物。外に出てこないよう迷宮に閉じ込め、餌として九年ごとに、少年と少女を七人ずつ送りこむというエピソード。

惺と啓は、西洋絵画を共通の話題にしている。

西洋絵画は神話をよく題材にするので、自然といくらかの知識を持っていた。

だから、

「七人……」

惺の期待通り、啓はすぐその符合に気づいて、つぶやいた。

「そう。七人。啓なら気づいてくれると思ってた。僕もそう思ったんだ。神話では男女七人ずつだから少し違うけど。でももしかするとミノタウロスの迷宮も、遠い過去にあった、僕らのような何かかもしれない」

「！　それは……」

いくら何でも、と続けようとしたのか。それとも、すごい話だ、と続けようとしたのか。啓の口からは、「それは」の後に続くべき言葉が、混沌として入り交じったまま、外に出ることなく消えていった。

「……」

惺は、同じ『経験者』同士の菊と目を合わせ、そちらとも、うなずき合う。

菊とも同じ話をしたことがある。そして、そのかたわらで話している内容が分かっていない様子のイルマと留希にも、惺は簡単に説明する。

「『ほうかごがかり』は、ものすごく昔から続いてるのかもしれない、って話」

ぽかんとした顔の、二人。

「え……」

「ずっと昔から、形を変えながら、世の中には知られずに、ずっとね」

そう言って、惺は少しやりきれないといった表情で、笑った。

そして、ふと惺は、不意に訊ねた。

「納得できてないよね？　自分たちの状況も――――見上さんのことも」

「！」

イルマがはっとして、惺を見た。それから、数秒の間の後、その目にかすかに怒りや憎しみのような色を宿して、強くうなずいた。

「……うん……！」

「だとしたら、慰めにはならないかもしれないけど、僕らの置かれてる状況への、理解の助けにはなるかもしれない」

惺は、イルマと目を合わせた。

次に啓にも目を向ける。それから、残りの他のみんなにも。

「僕らは理不尽な目に遭ってる。だから納得が必要だ」

そして言った。

「僕が説明してもいいけど、知識も理解も考察も、かけた時間がはるかに上の人がいるわけだから――――」

校舎の、『開かずの間』がある方向を見やった。

彼のいる方向を。

「――――詳しくは、『太郎さん』に聞くといいよ」

3

そうして金曜日。十回目の『ほうかごがかり』。

「……じゃあ説明しようか。結論から言うと、そうだ」

一番遠くにある屋上からやって来る啓を待ち、『開かずの間』に全員そろった所で『始まりの会』が始まると、惺が先に話を通しておいた『太郎さん』は、椅子の背もたれに深く寄りかかり、そう前置きなしに話を始めた。

「キミらは、それから僕は、見上さんも、生贄だ」

「！」

断言する。思わずみんな息を呑んだが、これまでの一週間の間にできた覚悟や予想や納得を超えることはない。みんな、重くはあっても静かにその言葉を受け止めたが、しかし次に続けられた『太郎さん』の言葉は、その全員の心の中の身構えを、別の方向からあっさりと乗り越えた。

「というより、子供は全員そうだ」

「……えっ？」

声を上げるイルマ。

「僕らだけじゃなくて、子供は全員が全員生贄だってこと。僕がこんな目に遭ってから、ここでずっと知識をたくわえて、ずっと考え続けてきた結論を言うよ。子供は元々、全員がこの世のものじゃない何かの生贄だ。何百年も、いや、もしかすると、たぶん何千年も前からずっと――――僕ら子供は、神とか物の怪とか妖怪とか、そういうこの世のものじゃないものの餌になって来たんだ」

「………………⁉」

全員、言葉はもちろん理解できた。だが、それを自分の身や、自分の知っている世界に当てはめることができなくて、実感として理解できなくて、この話を初めて『太郎さん』から聞く啓とイルマと留希は、ただただ言葉を失った。

「……まあ、そんな馬鹿なことが、って普通は思うよな？」

みんなの反応に、当然、といった様子で『太郎さん』はうなずいた。

「だけど、こういうのは自然界ではそれほど珍しくない。魚の稚魚はたくさん生まれて、ほとんどが捕食生物に食われて、そいつらが犠牲になっている間に逃げて、生き残ったやつだけが大人になるのが普通だろ？　だいたいの生き物は、自然界ではそんな感じだ。で、人間も本当はそうだった、ってだけの話なんだ」

「！」

説明する『太郎さん』。その辺りになるとようやく聞いていた全員が、その一端を理解した顔になった。

「僕は――――人間にとってのその捕食生物が、『奴ら』だと考えてる」

そして、話は続く。

「昔から『奴ら』は、人間をこっそりと捕食してたんだろう。昔から伝わってる、妖怪とか物の怪とか、恐ろしい神様とか、そういったやつが『それ』だ。

昔の言葉に、『七歳までは神のうち』ってのがあるのは知ってる？　昔は医学が発達してなくて、七歳以下の子供がすぐに死んだから、七歳までの子供はまだ神様の世界の存在で、簡単に神様の世界に帰ってしまうんだ、っていう、諦めと慰めの言葉だと、現代では解釈されてる言葉なんだけどね」

話しながら、自分の話している内容が落ち着かない様子で、小さくだがしきりに体を揺らせて、ぎっ、ぎっ、と椅子の足を鳴らす。

「……僕の結論は違う。七歳までの子供は、神、つまりこの世のものじゃない捕食者に狙われる餌なんだってことを意味する言葉だと思う。

よくさ、昔の人間は寿命が短かったとか言われてるよな？　でも歴史に出てくる人物は、普通に六十歳とか七十歳とかまで生きてるだろ。なのに何で寿命が短くなるかというと、十五歳までに半分以上が死んでるから、平均が下がってるんだ。子供がめちゃくちゃ死んで、それが人間にはどうしようもないから、子供はまだ人間の世界の存在じゃない、って仕方なく考えることになったんだと思う。

そんな死亡率の原因は、今の人間は病気や怪我のせいだと考えるのが普通だ。まあ常識的にはそうだ。でも昔の伝説は、そうは言ってない。子供を殺したり、食ったりする化け物の話がいくらでも出てくる。子供をさらう神隠しや、人さらいの噂も数えきれないくらいある。確かに医学が未熟なせいで、病気で死んだ子供はたくさんいたんだろう。でもそれだけだったら、何で病気以上に化け物の話があんなにあるんだ？　で、僕らは『奴ら』が本当にいることを知ってる。そのたくさん死んだ子供の何割くらいが、『奴ら』にやられたんだろうな？

　多分、昔の人間は薄々捕食されてることに気づいてたんだ。それが僕の考える『七歳までは神のうち』の正体だ。その証拠に、昔の人は今の人よりもはるかに信心深かったのに、七歳までの子供は神様に何をしても怒られなかった。何かと理由をつけてさ。それなのに祭りになると、そんな神様に無礼を働くかもしれない七歳までの子供の役目は、神様に食事なんかを出して直接もてなす係だった。

　わざわざ神様の食卓に子供をあげてるんだよ。大人は、神様なんて怖ろしいものとは直接対面しない。子供がその『かかり』だった。つまり子供は一部が生贄として最初から黙認されている存在だった。その容認された犠牲で『奴ら』を満腹にさせて、他の被害をコントロールして、残った子供を育てれば、社会全体としてはハッピーエンドになるわけだ。

　で、それを続けてるうちに、だんだん人間世界では科学が発展して、夜は明るくなって、迷信は退けられて、『奴ら』が出てくる境界はなくなった。子供と大人は分断されて、昔の大人は薄々憶えていた、子供の頃に見た『奴ら』のことを完全に忘れてしまうようになった。犠牲を黙認してたことも、一緒に忘れた。『奴ら』は忘れられて、いないことになった。でも大人が忘れても――『奴ら』はまだいる。いるってことは、犠牲もまだ出る。今も昔もずっと『奴ら』は、餌の子供を狙ってる。で、昔は子供は村全体に放し飼いみたいになってて、うっかり群れから外れた子供が捕食されてたわけだけど――今は、子供はどこにいる？」

いくらかの身振りを交えながら、演説のように長々と語り続けた『太郎さん』。それは聞いている人間を置き去りにするような語りだったが、しかし意外にも、自覚的にそう話している様子ではなかった。

自分の言葉に、自分の考えに、想像に、追い立てられているように。

話すほどに、自分の言葉によって徐々に冷静さを失い、話すことを止められない。そんな様子がありありとあった。

彼の説明は、半ば説明ではなかった。

根底に感情があった。憎悪があった。怒りがあった。それは『太郎さん』がずっと考え続けていた、そして考えを溜め込み続けていた、自分たちを襲った理不尽の説明。それはみんなへの説明であると同時に、今まさに語っていた対象への、しかし向けるべき相手はどこにもいない、行き場のない非難の言葉そのものだった。

「……」

そして『太郎さん』は、そこで不意にテンションが途切れた様子で、肩を落とす。

疲れたのか冷静になったのか、急に少し黙ると、いつものどことなく気だるい皮肉げな口調に戻って、最後に言った質問を繰り返す。

「『奴ら』の餌になる子供は、今は、一日の大半をどこで暮らしてる？」

「…………」

嫌な感じの沈黙が、部屋に落ちた。

いつまで経っても『太郎さん』から答えは出てこず、惺も菊も言わない。やがてぽつりと仕方なく、啓が回答を口にした。

「小学校」

「はい正解」

特に賞賛の響きもなく『太郎さん』。

「そういうこと。いま子供は、まとめて小学校に集められてる。今はこのコンクリートの箱の中が『神のうち』ってわけ。『奴ら』にとってのでっかい餌箱の完成だ。『奴ら』は文明社会から姿を消したみたいに言われるけど、いなくなったわけじゃない。こんな効率のいい餌箱があるわけだから、わざわざ外にいる必要がなくなっただけだ。

今は大半の化け物は小学校にいる。大人の目に触れずに小学校で捕食をして、生まれて、消えていく、そういうシステムが出来上がった。僕らはその謎のシステムの中で、昔の祭りで言うところの『神様のもてなし役』に選ばれた。もてなし役。世話係。兼、餌。それが僕ら『ほうかごがかり』だ。『奴ら』を閉じ込めた現代のミノタウロスの迷宮に送り込まれた現代の生贄が、僕らというわけ。僕らが――見上さんが犠牲になったことで、他のみんなが助かるわけだ。納得したか？」

締めくくる。

結論。

今度こそ『太郎さん』は、息を吐き、話を終える。

みんな、すぐには何も言わなかった。何も言えなかった。やがてイルマから漏れたのは、こんな言葉だった。

「……なんで、ボクたちだけなの？」

それは、ぽつりと、しかし血の混じったような問いかけだった。

「なんで、ボクがこんな目に？　見上さんが、なんで……」

「さあね。それは誰にも分からない。僕も知りたいよ」

応じるが、にべもない『太郎さん』。

「なんでこうなったの？　何が悪かったの？　ボク、何か悪いことした？　この小学校に入学したのが悪かったの……？」

うつむいた顔から、涙が落ちる。それを見もせずに、『太郎さん』は答える。

「それは関係ない」

きっぱりと。

「だって、他の小学校でも同じだからな」

「⁉」

その言葉に、イルマだけではなく啓と留希も、さすがに驚いた顔になった。

「この学校だけじゃない。多分、全部の学校に『ほうかごがかり』がいる」

言う『太郎さん』。

「全国にいくつあるか分からない小学校には全部『無名不思議』がいて、全部の学校から生贄が選ばれてるんだよ。僕が『子供は生贄だ』って、完全に言い切ったのはこれが理由だ。それから『システム』だと言った理由も、これ。

もしかしたら、出来たばかりの小学校なら二年か三年くらいは安全な時期があるかもしれないけど、多分ほとんど例外はないね。そこの緒方が、いくつか他の学校の『かかり』と連絡を取ってるはずだ」

「……うん」

みんなからの視線が向けられて、惺は認めて、うなずく。

「難しかったけど、他の学校の『かかり』とコンタクトを取るのに、いくつか成功したのは本当だよ」

答える。

「だから、全部の小学校に『無名不思議』と『かかり』がいるって先生の推測は、僕は正しいんじゃないかと思ってるけど……コンタクト自体にはあんまり意味はなかったよ。協力し合えないかと思って始めたんだけど、他の学校の『ほうかご』に行く方法がないから、文通以上の意味は、正直なかった。僕がまだ、外から助けを呼べないかっていう期待を捨ててなかった頃の話だよ」

肩をすくめる。みんながまだ思いついていなかった希望を先に出し、それを目の前で潰した形になって、悄然とした空気になる。

でも、仕方がない。

「僕も、前は色々と試してたんだよ。この理不尽をどうにかできないか」

「………………」

それが現実なのだ。

また、沈黙。

必要な話はした。むしろ情報が多すぎる。惺は、そろそろみんなには話ではなく、ゆっくりと考える時間が必要だろうと考えて、ぱん、と一つ手を叩いた。

「じゃあ、そろそろ」

「……」

解散を促した。

みんな、うつむき加減の、もたもたとした鈍い動きで、その促しに応じた。

そうして、みんなが動き始めた中、イルマが最後に、ぼそりと問いかける。

「…………ねえ、存在のなくなった見上さんは……どうなるの？」

その『どうなる』の意味が定かではなかったが、惺は真絢の運命について、自分が思いつく限りで最も優しく、しかし同時に決して余計な希望をさし挟む余地のない答えを探して、それを返した。

「僕ら『ほうかごかかり』だけが、彼女が存在してたことを憶えてる」

4

また一つ、週が明けた。

月曜日になって、新しい週が始まった。朝になった小学校に子供たちが集まり始め、学校の周りの道を、校門を、そして校庭から玄関までを、水が流れ込むように登校していき、週末を眠っていた学校が、血液が流れ出したかのように活力を取り戻した。

少し落ち着いた高学年の子が歩くかたわらを、元気一杯の低学年の子たちが、ふざけ合いながら駆け抜ける。小学生にとっての、高学年と低学年は大人と子供に等しい。六年生の目から見ると低学年の子は、ましてや一年生などは、元気な子も大人しい子も小動物のようで、可愛くて放っておけない。あるいは邪魔くさくて仕方がない。

惺にとっては、もちろん前者だ。

「おはようございまーす」

登校してくるみんなに挨拶をする『あいさつ運動』のため、生活委員の仕事として校門前に立っている惺は、運動の旗の横に立って挨拶をしながら、その平和で賑やかな光景に目を細めていた。

「おはようございます！」

「おはようございまーす」

「……」

挨拶が返ってきたり、返ってこなかったり。

時には友達同士のじゃれ合いが過ぎていて、「それは危ないからやめなー」と注意することもあったり。

惺は、この光景が好きだ。

小さい子供たちが無邪気に過ごす姿。これこそが平和で、これこそが全ての人間が守るべきものだと思っていた。

子供でなくなった、全ての人間が守るべきもの。

決して奪われるべきではない笑顔。誰にも。どんな人間にも。ましてや――――人間ではない、『何か』にも。


「……」


惺が、そうやって『あいさつ運動』をしていると、視界の端に見知った顔が立っているのに気がついた。

啓だった。啓は、校門から少し離れた場所の校舎のそばに立って、片手をポケットに突っ込んで、じっと惺の様子を見つめていた。

「先生すいません、ちょっと、あいつが用事あるみたいで」

惺は、『あいさつ運動』に付き添っている先生にそう断りを入れると、持ち場を離れて啓の方に向かう。啓はそうして近づいて来た惺を見て、じっと見上げながら、困ったように顔をしかめる。

「啓、どうかした？」

「……いや、わざわざ抜けて来なくてもよかったのに」

啓は言った。

「別に急ぐ用でもなかったし」

「でも、何か言いたそうだった」

そう笑いかける惺に、啓は渋面のまま惺の顔から視線を外し、ため息をついた。

「はあ……仕事を放り出すほどの用じゃないんだよ、ほんとに」

頭に手をやって、がしがしと帽子の隙間をかきむしる。そしてわざわざやって来た惺と、そうさせてしまった自分の、どちらに責があるのか判断できないといった様子で、いいわけじみた言葉を続ける。

「邪魔するつもりはなかった。ほんと、おまえ、幸せそうに小さい奴らを見るよな」

いくらかの呆れも混じっていると思うその感想に、臆面もなく惺は答えた。

「うん、小さい子が無邪気にはしゃいでるのが、この世界で一番大事なものだと思うよ」

真っ直ぐに言い切る。

「あの小さい幸せの先にしか、人類の幸福はないって信じてる」

「まあ……そうかもな」

今までの付き合いで、似たようなことは何度も言っている。だから、多分そんな惺の思いを本心では理解できないだろう啓も、いまさら特に否定も肯定もせずに、それだけの言葉で済ませる。

「……それで、用事は？」

惺は、話を戻した。

「あー……」

啓はそう少し躊躇うと、片手をポケットに突っ込んで、視線を外したまま、問いかけた惺に答えた。

「思ったんだけど」

「なんだい？」

啓は言った。

「完全な『記録』を作ったら『かかり』から解放されるって、あれ、嘘だよな？」

「！」

啓の、質問というよりも確認する口調の問い。それを聞いた惺は、不意を打たれて思わず目を丸くし、取り繕いに失敗して、驚きと――――それからずっと隠していた罪悪感を、表情に出してしまっていた。

とっさに答えられず、一瞬こわばった自分の表情に、しまった、と思った。

しばしの間。だが、自分の反応を顧みて、誤魔化す余地はないと判断せざるを得なくなった惺は、ため息をついて啓に訊ねた。

「…………なんで、そう思った？」

「なんとなく」

その答えに、惺は肩を落とした。

「そっか……なんとなく、か。失敗したな。驚かなきゃよかった」

「まあ、否定されても信じないけど。なんとなく、確信はあるからさ」

「……」

さらっと言い切る啓に、ああ、そうだよな、と改めて思い直す惺。啓はずっと以前からそうだった。絵描きとしての飛び抜けた観察と直観で、惺のように無駄な考えを重ねずに、答えをつかみ取るのだ。

そして、視線を落とした惺は。

「……嘘、ってわけじゃないんだよ」

そう、弁解の言葉を口にした。

「そうなのか？」

「昔からそう言われてるのは事実なんだ。ただ、なんというか……そうやって『卒業』できた人の記録は、過去に一つもない」

「……」

　降参して、事実を告げる。完全に嘘というわけではない。確認できていないだけ。そういう方便。でも自分で信じてはいない以上、少なくとも惺自身の視点では、完全に嘘をついていることは確実だった。

「でも……希望は、ないわけじゃ、ないんだ。きっと」

　だが。それでも。

　惺はそう言うしかない。

「そっか。まあ、そんなことだと思った」

　それに対して啓は、明らかに信じていない、しかし惺のそんな嘘を大して気にしていない様子で、それだけで済ませた。

「それだけ確認したかった。今まで見てきた感じ、そんな簡単に済むような、甘いもんじゃないって気がしてた。納得した」

「啓……」

「やっぱり、僕たちはただの生贄なんだな？」

「違う！」

　だが啓の、その明らかにどうしようもないことを確認する形の問いに、このやり取りの間に視線を下げていた惺は、ばっ、と顔を上げた。

「違う、それだけは違う！」

「惺？」

「ただの生贄なら、もっと小さな、自我の曖昧な子を選べばいい。その方が『奴ら』にとって簡単で、好き放題できるはずだ。でもそうなってないってことは、『ほうかごがかり』は確かに抑止力なんだよ。選ばれた人間にとっては確かに不幸そのものだけど、本当だったらもっとたくさん『喰われて』いたはずの、小さな子たちを助けるために──『奴ら』に完全に好き放題されないためにできたシステムが、『ほうかごがかり』なんだよ！」

思わず強い調子で言う。そんな詰め寄らんばかりに自分を見下ろした惺を、啓はしばらく訝しげに見上げていたが、やがて彼が絵を描く時にするひどく冷静な見通す目をすると、静かに口を開いて言った。

「……惺。それはやっぱり、生贄だよ」

「違う」

惺は、かぶりを振った。

「君の言うことは分かる。でも、絶対に違う」

「惺」

「『ほうかごがかり』は人の命を助ける仕事だ。本当は、誇りを持っていい役目なんだ」

強く、惺は言う。

「確かに危険で、望まずにみんなやらされてる。でも自分の命や正気を引き換えにして他の人を守る人間が、ただの生贄だなんて卑下されるべきじゃない。望まずに、強いられて、恐ろしくて危険な役目を強いられてる。でもだからこそ、みんな卑下されるべきじゃないんだ。たとえ失敗しても、逃げても、何も理解できずに、何もできずに死んだとしても、それは全部、たくさんの人を救うための強いられた戦いだ。みんな運命と戦ったんだ。自分だけじゃない、何人もの子供たちの運命を背負わされてだ。

啓、君は、消えてなくなった見上さんの人生が、ただの生贄だったって、可哀想で無駄なものだったって、見上さんの前で言えるのか？」

「！」

「啓もだ。啓は自分の正気を危険にさらしてあの絵を描いたのは、生贄だったからか？　あの絵で多分、この先に『無名不思議』の被害にあったかもしれない子供が何人も救われる。それを悲惨で意味のない犠牲だと言えるか？」

強く、強く、惺は言う。

「あの校庭に立てられたお墓の全部に、もっとたくさんの被害に遭うはずだった子供を助けるのと引き換えにあの下に埋まってる『かかり』たちに、あんたたちはただの生贄だったって言えるのか？」

強く、しかし淡々と、低く、静かに。

「僕は――言えない。去年の『かかり』で死んだ、僕と一緒に『ほうかご』で戦った子たちも、あのお墓の中にはいるんだ」

「……………」

「だから、『かかり』のことを、ただの生贄なんて言わないでくれ。他の子は仕方ないけど、せめて、啓だけは」

啓の肩をつかんだ。自分の手がかすかに震えていることに、初めて惺は気がついた。対する啓は、ずっと惺の言葉を無言で聞いていた。だが、その惺の懇願を聞くと、ほとんど間を置かずに、承諾してうなずいた。

「わかった」

「……ありがとう」

啓の肩から、手が離れた。

「ごめん、つい」

「別に」

つかまれた跡がついた服の肩を、引っ張って伸ばしながら言う啓に、申し訳なく思いながらも、惺は続ける。

「あのさ、啓。僕は正直に言うと『かかり』に選ばれて良かったと思ってるんだよ」

「……」

啓の手が止まる。

怪訝そうな表情が、惺を見上げた。

「……本気か？」

「本気。僕は人助けがしたかった」

答える惺。

「でも小学生ができる人助けなんて、どんなに頑張ったって、知れてる。でも『ほうかごがかり』は、小学生の僕ができる、正真正銘の人の命を救う仕事だ」

真っ直ぐに啓を見て、惺は言う。

「僕は、僕だけなら、ただの生贄と呼ばれてもいいよ。僕にとっては、そんな呼び名なんか、関係ないから」

「惺……？」

「僕は嬉しいんだ。僕に良くしてくれた世界に、こうやって恩返しできることが。ずっとそれが、僕の夢だったから」

それは。

それは間違いなく、緒方惺の本心だった。

『世界では毎年一〇〇〇万人以上の子供が、飢餓によって亡くなっています』

惺がそのパンフレットを見たのは、四歳の時だ。

飢餓とは、お腹が空くこと。お腹が空くと言うことは、食べるものがないということ。

どうして食べるものがないのか、お父さんとお母さんに聞いた。本当に分からなかったからだ。食べるものなんて、お母さんに言えば戸棚や冷蔵庫から出てくるし、そこらにあるお店に行けば開店中なら買えるのに。

「惺。君はね、実はとても恵まれてるんだよ」

お父さんは答えてくれた。

「世界にはね、明日どころか、今日食べるものもない、そんな人がたくさんいるんだ。食べたくても、お金がなくて買えない。家にもない。それどころか、住んでいる場所が食べ物を作るのに向いてなかったり、災害や戦争で食べ物が作れなくて、お店にも、国にも食べるものが全然ない、そんな国がたくさんあるんだよ。

そんな場所に住んでる子は、毎日お腹を空かせて、だんだん体が弱って動かなくなって、最後には手足が棒みたいに痩せて、力がなくなって死んでしまうんだ。お父さんやお母さんが、自分が食べるのを我慢して頑張って子供にあげても、まだ全然足りなくて、そのうちに体力のない子供が死んでしまって、それから食べ物を分けてしまったお父さんとお母さんも、栄養が足りなくなって死んでしまう。そんな可哀想なことが世界ではたくさん、いま惺やお父さんがこうしている間にも、たくさんたくさん、起こってるんだ。

世界で何千万人も、そうやって人が死んでるんだ。惺は恵まれてるんだよ。食べるものがたくさんある平和な国で、ちゃんとお金も持ってるお父さんとお母さんの子供に生まれた惺は、実はとても運が良くて、恵まれてるほんの一握りの子供なんだ。その中でも、うちは他の人よりも少しお金を多く持ってる、もっと一握りの家だ。だから惺は、自分が持っているものを当たり前だと思わずに、感謝して暮らさなきゃいけないよ」

と。

それを聞いた惺は、その日、恐怖に震えて眠れなかった。

パンフレットにあった、痩せこけた子供たちの写真。それからお父さんが教えてくれた、飢えて死ぬということ。それらが怖くて怖くて仕方がなかった。惺だってお腹が空いたことはあるが、それがずっと続いて、写真の子たちのようになって、やがて動けなくなって死んでしまうなんて、想像するだけで恐ろしかった。

そして、そんな恐ろしい目に遭って死んでしまう人が、千何百万人なんて、小さな子供には想像もできないくらいいる。それも毎年。四歳の惺の小さな世界では、それは近いうちに世界の人間全てが死んでしまうのではないかと思えるもので、自分の世界が死によって崩壊してしまうのではないかという恐怖が、幾度となく夢に見てしまうくらい、その時の幼い惺の心には焼きついたのだった。

それから惺は、しばらく取り憑かれたように世界の不幸について調べた。

インターネットは自由に使えた。それを使って初めて調べた世界の姿は、飢餓と貧困と戦争と疫病と環境破壊と資源枯渇によって滅びつつある地獄だった。

そして——そんな世界に、何不自由なくぬくぬくと生きている自分。

飢えることはなく、着るものに困らず、住む場所も快適で、望むものは買ってもらえて、興味を持ったことは何でも勉強させてもらえて、両親からの愛情さえも惜しみなく与えられている自分。

恵まれている。

恵まれている。その概念を、惺はこのとき初めて知った。

自分は恵まれている。お父さんから聞かされたそれは、一度知ってしまうと、惺のありとあらゆることに付きまとった。

平和で豊かな国に生まれたこと。それで充分に恵まれているのに、その中でもさらに、惺は恵まれていた。家の経済力と地位。与えられる持ち物。優れた容姿。両親の愛情と、見識と信頼。好きなようにやらせてもらえる習い事とスポーツに、それをいくらでも吸収する自分の知能と能力。

恵まれている。何をしても、どこにいても、惺はそう言われた。

そして自分でも、そう思った。否定できなかった。

どうして自分だけ。幼い惺は、そう思った。

どうして。世界には一〇〇〇万人の餓死する子供がいるのに。そしてその何倍もの不幸な子供がいるのに。どうして自分だけ、こんなに恵まれているのだろう？

惺が当たり前に持っているものを、持たずに、持てずに、苦しんでいる人がいる。

お金。食べ物。家。服。容姿。能力。才能。健康。両親。

感じたのは、罪悪感だった。

恵まれている自分を自覚するたびに、惺の脳裏には、棒のように痩せこけて虚ろな目をして地面に横たわり、顔に蠅がたかるのを追い払う力もない、見知らぬ外国の子供の、あの写真がよぎるのだ。

惺は恵まれている。みんながそう言う。

恵まれている。友達も先生も両親も他の人も、そう言う。

笑顔でそう言って――――責める。

責めている。そう聞こえた。そう思った。でも、確かにその通りなのだ。

自分は恵まれている。

それは許されないことだ。生きているだけで常に突きつけられる、その罪悪。

幼い惺は、それに耐えられなかった。だから、人助けがしたいと両親に訴えて、元々ボランティアにも熱心だった両親は喜んでそれを経験させてくれたが――小さな微笑ましいお客様として扱われるそれは惺が恵まれているという事実をさらに強調するばかりで、そして小さな子供には結局ボランティアで人助けらしいことは何もできなくて、惺の罪悪感を一グラムたりとも減らしてはくれなかった。

今にして思い返すと。

この時に惺は、子供のままでいることが、許されなくなったのだ。

いつしか惺は、自分の全てをなげうって、人を救いたいと思うようになった。いや、願うようになった。自分は、この世界から与えられすぎた。だから、この恩を世界に返さなければ駄目だ。

だから――

「だから僕は、『かかり』になって幸せだと思ってる」

惺は、本心で、そう言った。

啓に向け、宣言するように。啓は何も言わず、そんな惺の言葉を見極めようとするかのように厳しい目をして、じっと見上げた。

その視線を、惺は真っ直ぐに受け止める。

誰に理解されずとも構わない、異常かもしれないが、それでも恥じることのない、心からの本心だからだ。

「僕は、僕の目と手と能力が届く範囲の、できるだけのみんなを助けたい」

惺は言う。

「『かかり』は、まさにそれなんだ。これと同じだけの機会は、外の世界では、小学生の僕では絶対に望めない」

「……」

「今、こうやって登校してきてる、みんなの命を守る仕事だ。僕の命と魂を懸ける価値があると思う。ただ、望みも納得もせずに同じものを懸けさせられてるみんなは、あまりにも可哀想だ。もちろんできるなら、僕は『かかり』のみんなも助けたいと思ってる」

そして惺は、拳を握る。

「だけど――――無理だ。無理なんだ。だからせめて希望がいる。希望がないと、正気と尊厳までなくしてしまう」

握る。強く。

「それはあんまりだ。だから僕は、みんなに嘘をついてる」

震えるほど強く、握る。尖らせた左手の薬指の爪が、その切っ先が、激しい痛みとともに、手のひらに突き刺さる。

惺は訊ねた。

「……軽蔑するかい？」

そんな惺をじっと見つめていた啓は、首を横に振って、静かに言った。

「いや」

惺の腕から、力が抜ける。

「…………ありがとう」

「ただ、心配になっただけだ」

その啓の言葉を聞いて、惺は口元を綻ばせて、ふっ、と笑った。

「……心配させちゃったか。失敗したな」

そして言った。

「僕の方が、啓を助けるつもりだったんだけど」

「冗談だろ。鏡で自分の顔見た方がいいよ」

呆れたように啓。そして少し考えた後、「そうだ」と言って思い出したように、惺の顔に指を突きつけた。

「僕を助けるなら、アレ、再開してくれないかな」

「……うん？　アレって？」

「一年で、何枚か売りに出してもいいやつが溜まってるんだ」

「あ」

最初首を傾げた惺だったが、そう言われて思い出した。

「販売か」

「そう」

惺が『ほうかごがかり』に選ばれたことがきっかけで啓を遠ざける前、まだ普通に親友同士だった頃、二人以外の誰にも秘密でちょっとした小遣い稼ぎをしていた。そういうものには詳しくない啓に提案し、惺が代理となって、啓が描いた絵をネットのフリーマーケットを使って売っていたのだ。

自分の描いた絵をネットで売るアマチュアの絵描きというのは、それなりにいる。もちろん小学生が単独でやっていいことではないが、その気になれば回避する方法も偽装する方法もいくらでもある。

かつて二人は、そうやって啓の絵を売って、小遣いを稼いでいた。もちろん何の肩書きもないアマチュアの絵は数えられるほどしか売れなかったが、バレるリスクを考えて元々少数しか売りに出すつもりはなかったし、その数えられる程度の売り上げでも、小学生にとっては充分な額だった。

その稼いだ小遣いで、啓は画材を補充していた。

絵は描くだけで、当然だが絵具を消費する。油絵なら油を使う。キャンバスも使う。スケッチブックも使う。画用紙も、紙パレットも、他にも色々。筆も消耗品だ。

それらの一部を自分で買えば、それだけ画材代を母親に出してもらう頻度が減る。

つまり啓の絵が、家計に与えるダメージが減るのだ。補充の頻度の変化程度なら、母親も気づきにくい。

「自分でもできないか調べようとしたけど、ネットが使えないとな……」

「まあ、そうだろうね」

不満そうに視線を下にやって口を尖らせる啓に、少しだけ笑って惺。

「いいよ。放課後にまた相談しよう」

「やった。助かる」

嬉しそうに啓が笑った。

啓の笑顔を久しぶりに見た。

惺は、それを嬉しく思ったのと同時に、『ほうかごがかり』の多くを襲う優しくはない運命と、多分それを分かった上で、なお母親の負担が少し減ることを喜んでいる啓の姿に、湧き上がりそうになる複雑な感情を押し殺した。

「うん、アカウントはそのままだね。すぐにでも再開できるよ」
「おお」

5

放課後。携帯を見ながら言う惺と、素直に喜ぶ啓。

啓の絵を売るために使っていたフリーマーケットサイトのアカウントは、一年間使っていなかったが特に削除などはされておらず、携帯でそれを確認した惺は啓にそれを伝えつつ、表示された利用履歴を見て、当時を懐かしく思い出していた。

あの頃に売っていたのは主に風景などの無難な題材の、個人経営の喫茶店などの壁を飾っているような小ぶりなサイズの絵だ。あくまでも秘密裏に画材代の一部を補填するのが目的なので、大した値段をつけたわけではなく、事情が事情なので仕方がないとはいえ、啓の絵が二束三文で売られてゆくのを管理しながら、ファンを自認する惺としては釈然としない思いをしたものだった。

そして再開したら、また同じ思いをするのだろう。

それでも、

「うーん……それじゃ、木曜日の放課後なら習い事が入ってないから、その時に売れるやつをうちに持ってきてよ。何を出品するか決めよう」

「わかった」

惺は提案する。啓が車止めのポールに座って、それに同意した。

学校の近くの、住宅地に埋もれるようにある小さな公園。小さすぎて遊具などはなく、せいぜい自動車四台ぶん程度のスペースに植え込みとベンチがあるだけの名ばかりの公園で、下校途中の惺と啓は、立ち話でこれからの予定を話していた。

惺たちが『かかり』になって以降、初めてと言っていい、『かかり』とは関係のない前向きな話題だ。彼が座るには少々背が高い、車止めのポールの上に器用にバランスを取って座り、体を揺らしている啓の表情も、心なしか今までよりも明るい。

「よし、決まり」

惺はそれに、ほんの少しだけ安心した。

この、『ほうかごがかり』という無明の地獄の中にいる人間には、ほんの少しでも笑うことができる、ささやかな光が必要だった。

ここで笑えないと人は壊れる。惺は見てきて知っている。

啓のこれが、母親を支えるという願いの残骸にすがりついた、逃避と強がりであることは確実だったが、それでも必要な光だった。その光を、啓が自分の手で見つけ出したことに、惺は安心し、また、嬉しかった。

そして、

「……じゃあ、そういうことだけど、堂島さんのやつも同時でいい？」

惺は、隣にいる菊にも、そう確認した。

「あ……う、うん」

急に話を振られ、えっ、と顔を上げた後、控えめに頷く菊。ずっと大人しくして、今まで話に入って来ていなかったが、ここには菊も一緒にいた。

「啓も、堂島さんも一緒になるけど、いいかな」

啓にも確認する。

「ん？　別にいいけど……そっちは何？」

学校からずっと菊がついて来ていたのに、それに特に反応しなかった鷹揚な啓は、ここでようやく関心を持ったようで、そう質問した。

「へ⁉　え、えっと……」

「堂島さんは、作曲してるんだよね」

訊かれたものの、戸惑って遅れた菊に代わって、惺が答える。

「曲を作るのが好きで、しばらく前から動画を作ろうとしてるんだよ。でも堂島さんちには全部やれるパソコンとかソフトがないから、うちでやってるんだ。うちには基本的なものだけだけど、そういうのがあるから」

「へえ、そうなのか」

「…………！」

どうやら他の人には言っていないらしい密かな趣味をバラされて、言葉もなく恥ずかしがる菊。しかしどうせ当日に顔を合わせるのだから隠しておく意味はないし、惺もそれを恥ずかしいものだとは思っていないので、ここで言ってしまうことにした。

それに何より啓も、それを恥ずかしいと思ったり、馬鹿にしたり、からかったりするような人間ではない。

「ふーん……」

聞いた啓は、恥ずかしがる菊をしげしげと眺め、そして言った。

「いいじゃん」

「！」

素直に肯定されて、顔を赤くする菊。

「あ……ありがと……ちっちゃい頃からピアノで作曲のまねっこみたいなことはしてて……動画みたいなの、やってみたくて……」

辛うじて、それだけ言った。胸元で、しきりに指を組み合わせながら。その様子を、惺は微笑んで見る。去年、たまたま漏らしたその興味を知って、うちのパソコンを使ってみない？

と菊を誘ったのは惺だ。

　これが、菊にとっての『ささやかな光』になることを願って。実際にそうなってくれているのか惺には判断できないが、少なくともまだ続いていて、それなりに悪くない位置につけているのではないかと考えている。

「へー、動画ってことは、絵も？」

　そのかたわらで啓は、そちらの方向で興味を持って、菊に質問を続けていた。

　おそらく、その趣味のことで人と話をしたことがない菊は、戸惑い恥ずかしがりつつも、少しどこか嬉しそうに受け答えしていた。

「え、絵は、自分では、まだ、ちょっと……」

「ふーん？」

「写真とか、あるものを使って映像を作るとかして……あれこれ試してて……」

「そか。コラージュみたいな感じ？　それはそれでちょっと興味あるから、よかったら今度見せてくれないか？」

「えっ……え、でも……」

「映像には僕も興味ある。教えて欲しいし、何ならもしかすると、僕からも何か教えられるかもしれないしさ」

　車止めのポールに座ったまま、身を乗り出すようにして言う啓。

啓は、絵に関することには、非常に貪欲だ。

「僕はデジタルは全然わからないけど、普通の絵のことだったら少しは教えられるよ」

「え……」

「デッサンとか構図とかデザインとか色とか。デジタルでも、自分で描かなくても、全然必要ないわけじゃないだろ？」

「そ、それは……うん、それは、そう……」

「だよね。それに、もしかしたらさ」

そして、啓はふと表情から笑みを落として、言ったのだった。

「もしかしたら——絵が描けるようになったら、『かかりのしごと』にも——あいつらを『記録』するのにも、役にたつかもしれないだろ？」

「！」

それを聞いて、菊はもちろん、惺も息を呑んだ。菊は、その提案への純粋な驚きで。そして惺は、啓がそんなことを考えていたのだという、そのことに対する衝撃でだ。

惺には、啓がみんなの助けになろうとそれを考えたことが、手に取るように分かった。

それから、啓の後ろめたさも。みんながあのような状況に放り込まれた中で、自分が、自分だけが安全圏へ一歩抜け出して、そしてそうする間に一人が抜け出すことが叶わずに犠牲になったことに、啓が引け目を感じているのは容易に想像できた。

だから、自分がみんなに何かできないかと、啓は考えたのだ。

その結論の一つとして、自分がそうしたように、みんなが絵を描けるようになればいいのではないかと。

その苦悩を思って、胸を痛める惺。

だが、だからこそ啓には、言っておかなければいけないことがあった。

「啓」

声をかけた。

知らず知らずのうちに落としていた視線を上げて、啓が惺を振り返った。

「ん？　なに？」

「一応言っておくけど、絵を教えるのは構わない。でも、みんなの代わりに啓が『奴ら』の絵を描くのだけは、絶対にしないでくれよ」

真面目な顔で啓を見て、惺はそう言った。

「啓はちゃんと『しおり』を読んでるみたいだから、いまさらかもしれないけど、人の担当してる『無名不思議』には絶対に踏み込んじゃダメだ。代わりに絵を描くなんてのは、一番ダメなやつだからね」

忠告する。啓はそれを聞いて「ああ」と頷きはしたが、そのまま首を傾げた。

「分かってる。一応。でも……理由は書いてなかったよな。何でだ？」

質問。

惺はその問いに、菊と一瞬だけ目を合わせ、それから困ったように眉を下げ、少しだけ言いづらそうに答えた。

「人の担当してる『無名不思議』に深入りするとね、特に『記録』に参加しちゃうと、担当をそのぶんだけ引き受けちゃうんだよ」

「……へえ？」

「ただでさえ一つ担当してて、取り憑かれていつ殺されるか分からないような状態なのに、二つは無理だ。あとこれは言うのを忘れてたけど、同じ理由で、『ほうかご』の学校にいる、まだ誰も担当してない『無名不思議』のスケッチとかも、やめた方がいいよ。日記なんかも書かない方がいい」

「初日に見たやつか？」

惺が案内した初日の見学ツアーを思い出しながら、啓は言う。

そして、

「日記に書くな、は『しおり』に書いてあったよな。でも違う理由だと思ってた。秘密が漏れないようにするためだと思ってたよ」

そう続けた。確かに『しおり』に項目がある。

こんな項目だ。

・『かかり』について、日記を書いたりはしないようにする。

と。

これに限ったことではないが、理由は書いていない。だから啓のように勘違いするのも、当然のことではあった。

「なんで理由を書かないんだ？」

啓は、そこを訊ねた。

「一つは『しおり』をシンプルにするためだね。『しおり』は守ったほうがいい規則とかをシンプルに教えるのが目的の冊子で、考察の余地がある内容はできるだけ削った、みたいなことは『太郎さん』は言ってたね」

まず答える惺。だが理由を書かない目的はそれだけではなく、もう一つある事情の方が、実は密かに重要だった。

「あと――――これは啓なら大丈夫だと信じて言うけど、最初から『引き受け』について書いておくと、自分が助かりたい一心で、他の子に対して良くないことを考える子が出ることがあるから……」

「あー……なるほど」

渋面を作る啓。

「弱い立場の奴に無理やりやらせて、自分だけ助かろうとするとか？　ありそうだな」

「そう。他にも色々」

肯定する。理由を訊かれて、最初に言いづらそうになったのは、これが原因だ。あの『開かずの間』に集積されて、『太郎さん』が管理している、膨大な記録の中には、あるのだ。色々な、悪質な事例が。

ただ、それで助かった事例も、ほぼない。

だが、それを加えて言ったところで、『しおり』が無限に長くなるだけだし、やろうとする子は聞く耳を持たないだろう。

「……まあ、そういうわけで、人の担当してる『無名不思議』の絵は描いちゃダメだ」

惺は改めて、釘を刺す。

「というより、自分の担当してるやつ以外の『無名不思議』は描かないでくれ。先に気づいてよかったよ。啓は描きそうだから…………描いてないよね？」

「まだ描いてない。でも確かに、そのうち描いてたかもな」

啓は認める。

「よかった。危なかった……」

「確かにな」

そして胸を撫で下ろす惺に、そう笑って。

ポールの上に座ってぶらぶらさせていた足を止めてから、ぴょん、と飛び降りた。

「うん、覚えとくよ」

啓はそう言って――

†

「……お願い、『ムラサキカガミ』の絵を描いてください！」

イルマが啓に、そんな頼み事をして。

啓がそれを承諾したのは、翌日のことだった。


【2巻に続く】

◉甲田学人著作リスト

「Missing1〜13」（電撃文庫）
「断章のグリムI〜XVII」（同）
「ノロワレ　人形呪詛」（同）
「ノロワレ弐　外法箱」（同）
「ノロワレ参　虫おくり」（同）
「霊感少女は箱の中1〜3」（同）
「夜魔　―奇―」（同）
「ほうかごがかり」（同）
「夜魔　―怪―」（メディアワークス文庫）
「時槻風乃と黒い童話の夜」（同）
「時槻風乃と黒い童話の夜　第2集」（同）
「時槻風乃と黒い童話の夜　第3集」（同）
「ノロワレ　怪奇作家真木夢人と幽霊マンション（上）（中）（下）」（同）
「新装版　Missing1〜13」（同）
「夜魔」（単行本　メディアワークス刊）

本書に対するご意見、ご感想をお寄せください。

ファンレターあて先
〒102-8177　東京都千代田区富士見2-13-3
電撃文庫編集部
「甲田学人先生」係
「potg先生」係

本書は、「電撃ノベコミ+」に掲載された『ほうかごがかり』を加筆・修正したものです。

電撃文庫

ほうかごがかり

甲田学人（こうだがくと）

2024年１月10日　初版発行
2024年８月５日　５版発行

発行者　山下直久
発行　株式会社KADOKAWA
〒102-8177　東京都千代田区富士見2-13-3
0570-002-301（ナビダイヤル）
装丁者　荻窪裕司（META＋MANIERA）
印刷　株式会社暁印刷
製本　株式会社暁印刷

●お問い合わせ
https://www.kadokawa.co.jp/（「お問い合わせ」へお進みください）
※内容によっては、お答えできない場合があります。
※サポートは日本国内のみとさせていただきます。
※ Japanese text only

※定価はカバーに表示してあります。

ISBN978-4-04-915199-2　C0193　Printed in Japan

電撃文庫　https://dengekibunko.jp/